藥師少女的獨語
9
日向夏
Natsu Hyuuga
illustration
しのとうこ
「就沒其他話好說了嗎？」
壬氏
板著一張臉……

「怎麼連
羅半
大人都說這種話！」
姚兒
橫眉豎眼站起來。

陸孫
行筆流暢，用羽毛筆
在羊皮紙上書寫。

「很適合貓貓妳喔」。
羅漢
一直都是這副德性。

「哎呀～真是百看不膩呢。」
徹底置身事外的
雀
手上
拿著烤鳥串。

在一面簾帳的後方，
壬氏
悠然自適地坐在臥榻上。

兩側站著高順與桃美。
「不知有何吩咐？」

藥師少女的獨語

INTRODUCTION

醫術的真相

壬氏做出了替自己
烙印的驚人之舉。
貓貓不容分說地被迫與他共有這個祕密，
只得成為壬氏的大夫，暗中多次出診。
然而貓貓終究不過是個藥師，
外科處置只有邊看邊學，勉強有個樣子的知識。
當壬氏遇到生命危險時，
如今只有貓貓能夠為他治療，
為了學得一身紮實的醫術，
她向養父羅門求教，
但羅門告訴她習醫也得符合資格，
要貓貓她們接受一場考驗。
她們被帶到貓貓的老家，也就是羅字一族的宅第。
羅門要她們從宅第的龐大藏書當中，
找出一本醫書並接受其內容，誰知——
隱藏的「華陀之書」究竟是什麼樣的一本書？

藥師少女的獨語

9

日向夏

Kadokawa Fantastic Novels

目錄

藥師少女的獨語

人物介紹 一三
序話 一六
一話 姚兒的請求 二七
二話 離宮 四六
三話 華陀之書 前篇 六一
四話 華陀之書 中篇 八七
五話 華陀之書 後篇 一〇一
六話 西行之約 一一七
七話 禁忌 一二八
八話 祕密講堂 一四八
九話 告發 一七四
十話 實技訓練 一八三

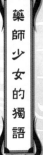

目錄

9

十一話　解剖　二〇六
十二話　數字的祕密　二一五
十三話　玉鶯這個男人　二二七
十四話　選拔　二四二
十五話　旅途準備　二五五
十六話　船旅　二六七
十七話　雀　三〇八
十八話　亞南的宴席　三二九
十九話　消失的庸醫　三三六
二十話　拍牆　三七四
終話　三九四

彩頁、內文插畫／しのとうこ

人物介紹

貓貓……煙花巷的藥師，對藥品與毒物有著異常的執著，但對其他事情興趣缺缺。尊敬養父羅門。在新的一年滿二十歲。

壬氏……皇弟，容貌美若天女的青年。對貓貓的事思惹情牽，卻總是被她四兩撥千斤，變得開始不擇手段。本名華瑞月。二十一歲。

馬閃……壬氏的貼身侍衛，高順之子。天生痛覺比他人遲鈍，因而能夠發揮超乎常人極限的力量。個性認真但常常白費力氣。心繫里樹妃。

高順……馬閃之父。體格健壯的武人，原為壬氏的監察官。現為皇帝直屬部下，為皇帝效力。

羅漢……貓貓的親爹，羅門的姪子，戴著單片眼鏡的怪人。雖是軍府高官，但由於總是做出些奇怪行徑，旁人對他避之唯恐不及。興趣是圍棋與將棋，本領出神入化。

羅半……羅漢的姪子兼養子，戴著圓眼鏡的小矮子。對美人沒轍，一見到美女就要追求。為了替養父還債而致力於經營副業。

羅門……貓貓的養父，羅漢的叔父。曾為宦官，現為宮廷醫官。過去受過刑罰，被剜去一邊膝蓋的骨頭。

玉葉后……皇帝正室，紅髮碧眼的胡姬。二十二歲。

皇帝……蓄著美髯的明君，喜愛身材豐腴的女子。三十七歲。

姚兒……貓貓的同僚。個頭高挑且發育良好，使她看起來比貓貓年長。厭惡強迫自己接受策略婚姻的叔父。十六歲。

燕燕……貓貓的同僚，姚兒的侍女，與姚兒一同成為了宮廷的醫佐。心裡只有姚兒一人，經常表現出不正常的愛護之情。二十歲。

陸孫……曾為羅漢副手，現於西都任職。具有對人的長相過目不忘的異才。

玉袁……玉葉后的親生父親。原先治理西都，如今由於女兒成為皇后而來到了京城。

玉鶯……玉袁的長男，玉葉后的異母哥哥。目前代父治理西都。

水蓮……壬氏的侍女兼奶娘。

馬良……高順之子，馬閃之兄。動輒為了人際關係而害胃病。

劉醫官……宮廷的上級醫官。過去曾經與羅門同赴西方留學。

天祐……與貓貓共事的年輕醫官，個性輕薄的男子。對燕燕有好感。

序話

惡夢還沒結束。

貓貓無力抵抗，被橫抱著帶進隔壁房間。

貓貓的心臟撲通撲通地狂跳。抱著貓貓的壬氏，側腹部有著怵目驚心的燒傷。

雖然也有其他事讓她擔心，但身為藥師的天性總是不免讓注意力飄向傷口。

（傷口燒得夠徹底，沒有流血。可是……）

她動腦思考，整理出所需的藥。用紫雲膏應該不會出錯。

（紫草根、當歸、蜜蠟應該都弄得到。麻油可能比較難。）

不，不行。貓貓搖頭如此心想。她看到自己的左臂，想起紫雲膏只對輕度燒燙傷有效。

她記得用於重度燒燙傷會適得其反。

（對燒傷有效的藥，藥……）

總之，得做點防止肌膚乾燥的藥膏才行。找找看有沒有油或蜜蠟吧。

正在思考如何療傷時，壬氏總算把貓貓給放下了。

「……壬總管。」

壬氏趴到了床上，臉孔扭曲。

「痛嗎？」

「痛。」

可想而知一定很痛。或許多少麻痺了，但往身上打烙印不可能不痛。

然而，壬氏的傷痛看似另有來源。

「……是否覺得後悔了？」

無意間，貓貓向壬氏問道。方才還態度闊達的男子，如今坐著不動，把額頭貼在床上流淚。貓貓看見的側臉沒有表情，也許他自己都沒發現自己在流淚。

貓貓一面跟壬氏說話，一面開始翻找這個房間裡的各種生藥。她立刻就找到了乳缽，總之先留在手邊。也找到了幾個盤子。她很想把火盆移過來用熱水做消毒，但再也不想把火盆放到壬氏面前，結果反而把它推到了房間角落。

「後悔什麼？」

這樣問她，她很難解釋。

貓貓也知道壬氏對皇位全然不感興趣。否則想必無法與玉葉后等人建立起良好關係。要是他連這點都算進去了，只能說算他深圖遠慮。

他似乎也沒後悔留下這種傷疤。貓貓感覺他在臉頰留下傷痕時，也反而像是為此感到高興。氣人的是，這人對自己的容貌並不如旁人所想地在意。

既然如此，他為何這般沮喪？

貓貓找到了匙子，放到了床邊的桌子上。有用來攪拌藥材的刮勺，但沒有任何刀具。

「皇上看起來並不是生氣，而是傷心。壬總管本來想必無意傷皇上的心吧？」

「是啊。多希望他只要生孤的氣就好。」

壬氏如今之所以沮喪，想必是因為看見了皇上傷心的眼神。

（皇上恐怕是……）

皇上與壬氏的關係，再加上阿多。貓貓心中某種近似於胡思亂想的念頭，在與他們相處的過程中逐漸變成了確信。這是絕不能說出口的祕密。

（阿爹會罵我的。）

想讓猜測化為確信，需要有客觀根據。貓貓卻正在從人的情感當中找出這種根據。從名為情感，無比曖昧而模糊的事物當中……

然而看到皇上充滿悲傷的眼睛，以及在玉葉后面前勉強打消念頭的表情，貓貓不得不作如此想。

認定壬氏是當今皇帝的長子。

（不用知道的事情知道得越來越多。）

貓貓嘆口氣看向壬氏。

見他似乎稍微鎮定下來，貓貓想前往隔壁房間。但立即被壬氏抓住了手腕。

「妳上哪去？」

「去取藥。那邊那房間裡有藥材。」

壬氏聽了貓貓的回答站起來，輕輕打開牆邊櫃子的抽屜。

裡面擺滿了讓貓貓兩眼炯炯發亮的生藥，而且已經做好了分門別類。

「！啊啊啊……」

貓貓兩手在空氣裡亂抓，險些沒流口水。她勉強壓抑住想跳舞的心情，做了個深呼吸。

壬氏冷淡的視線刺在她身上。

在具有各種藥效的生藥當中，有一份已經調好的藥膏。貓貓打開蚌殼盒子聞聞味道，當中混雜了蜂蜜甜香與獨特的芝麻味。似乎並未含有其他藥材。

消毒用酒精與白布條等也都先拿出來。

貓貓拿著藥膏，站到了壬氏面前。

「壬總管，小女子為您療傷，請讓我看看傷口。」

貓貓想讓壬氏坐回床上，卻反而被推著轉過身到床沿坐下。

「總管這是何意？」

貓貓板著臉看向壬氏。

壬氏觸碰貓貓的下巴。貓貓抬頭向上以躲開那指尖。

「事已至此，還要佯裝懵懂不知？如今已無人能為孤侍寢了。」

壬氏雖咧起嘴角笑著，臉上卻浮現痛苦難耐的油汗。

貓貓抿緊嘴巴。她火冒三丈，反過來抓住了壬氏只披著一半的衣襟。

「誰才是懵懂不知？您以為碰到這狀況我還不生氣嗎？」

貓貓把臉逼向壬氏的鼻尖。

「壬總管這樣做是蠻橫無理。就只為了提出您自己的要求，說穿了根本是不循正道。不顧周遭情況，也完全沒考慮過您自己的立場，自私自利又過度被虐，我傻眼到話都說不出來。」

呃，妳現在不就正在說話嗎？壬氏的表情傳達出這個想法。

「玉葉后的東宮，還有梨花妃的皇子出生，都才過了一年啊……」

孩子很脆弱。在滿七歲之前，隨時有喪命的危險。即使已經無人使用毒白粉，還是可能死於疾病、遭逢意外，或是遭人行刺。

「要是皇上有個萬一，您打算怎麼辦？」

「孤已經有所行動，不會讓這種事發生。」

壬氏用與天女妙音有著天差地別，低沉渾厚的嗓音講明了。他目光微暗，而且看起來不像是出自馬虎從事的心情。

貓貓一句話卡在喉頭說不出來。

壬氏的行徑蠻不講理。至少對貓貓與玉葉后來說，沒別的話能形容了。她不知道皇帝對此事作何感想，但想必只覺有如晴天霹靂吧。

但同樣地，壬氏這輩子也一直被迫接受不合理的現實。

換成一個只需蠻橫行事的掌權者，大可以盡情發威暴怒。他能以寬大的心胸聽貓貓說這些，反而讓她無法大聲罵人。

有個名詞叫做大家閨閣，其實他也是一輩子活在深閣之中，有志難伸，受人壓迫。可以想見一定有很多人被沉重壓力壓垮，無法承受而死。

（換作是我死都不要。）

壬氏也一樣，就像貓貓也在死命掙扎四處逃跑一樣。只是，他不會流於感性而衝動行事。壬氏是經過百般考慮，有自己的結論才會如此行動。

貓貓的情感被攪亂得原地打轉，不知該如何是好。真想乾脆變成一個對此事內情與人性一無所知的人。要是能佯裝不知就冷眼旁觀，不知道有多輕鬆。

（這個混帳！）

貓貓舉起右手，停在壬氏的額頭前方。她用食指與拇指做一個圈，蓄勢待發。

「好痛！」

她用指尖啪地彈了一下壬氏的額頭。其實賞他巴掌也行，但要是在臉頰上留下清晰的掌印就糟了。

她知道這種舉動極其冒犯，一個弄不好還會被殺頭。但她認為壬氏不會跟她計較。

（不，反倒是我便宜他了。）

壬氏按著臉頰，一臉呆愣。

「請閉嘴讓小女子為您治療。」

聽貓貓這麼說，壬氏神情變得不大高興。

「孤也是有在考慮各方問題的。」

「我管不了您在想什麼，我是藥師。請讓我做事。」

只有這件事不能讓步。剛才整件事都是壬氏作主，她不會再讓他為所欲為了。

貓貓拿出剛才找到的刮勺。

「都怪壬總管妨礙，浪費了太多工夫。本來是想給您服鎮痛藥的，只好請您死心了。」

貓貓溜過壬氏身旁站起來，繞到背後推了他一把。

「噗！」

只聽見一聲難以稱為天女嗓音的難聽叫聲。貓貓費勁地把一頭栽進床上的壬氏身體翻過來。他個頭大，所以很重。

貓貓長吁一口氣，用房間角落的火盆炭火把刮勺烤熱。

「請不要亂動。」

「這是要做什麼？不會是又要燙孤吧？」

「我沒有要燙您！只是把它烤過消毒而已。」

她甩甩刮勺讓它降溫，用乾淨的布擦過。

「不是用燙的，是用刮的。」

「刮……」

壬氏的臉孔扭曲起來。現在再來臉色發青已經太遲了，自己做的事情就得自己承擔。

「不把碳化的皮肉弄掉，從該處會滋生毒素。為了防止化膿，最好可以全部弄掉，但屋裡沒有刀具，所以就用這個了。」

只能用金屬刮勺刮掉了。雖然應該會有點痛，但就請他忍忍吧。

「且、且慢。這樣豈不是比隨便一把刀更可怕？」

「哪有什麼可不可怕的，自己給自己烙印的人沒資格這麼說。房裡沒有刀具，況且也只是緊急刮掉一下焦炭罷了。我是希望您晚點可以再好好療傷——」

貓貓不知道自己一旦走出這個房間，還有沒有機會好好為他治療。至少希望能塗上藥膏，讓毒素不會侵入燒傷處。

（不曉得晚點有沒有那工夫做治療。）

夜也已經深了。貓貓明天還得當差，壬氏也是。就算叫他休息別做事，他恐怕也不會聽。

得在明天……不，今天差事結束後備齊器具與藥品等，重新做治療。

最大的問題是，壬氏能在日常生活中藏好傷口嗎？

「還有更衣，總管一個人做得來嗎？」

「別把孤當成小娃兒了。」

「是誰每次更衣都要人幫忙？」

貓貓拿白布條沾上抽屜裡的酒精，蓋在傷口上。碳化的皮膚有股獨特的氣味。

（晚膳來份烤肉好了。）

「喂，妳剛才是不是說了什麼？」

「沒有，什麼也沒說。」

她一用酒精替傷口周圍消毒，壬氏就皺起了臉。

「請總管忍忍。喏，隨便拿條被子咬著吧。」
貓貓掀掉床上的被子，塞給壬氏。秀麗的容顏一臉厭惡地把被子推開。
「會咬到舌頭的。」
「不會。」
壬氏不知道在想什麼，倒向貓貓身上。他小口咬住了貓貓的肩膀。
「請不要這樣，會害我手滑的。」
「唔。」
可能是回答吧。隔著布料的牙齒觸感沒了，但姿勢沒變。只有衣服被拉扯的感覺還在。
「請不要把口水沾到我衣服上。」
「唔嗯。」
聽不出是答應還是拒絕。
貓貓決定不用跟他客氣，把刮勺抵在碳化的皮膚上。耳邊響起模糊不清的聲音，但她淡然做完該做的處理。
（這個聲音，絕不能讓別人聽見……）
緊抱貓貓背後的手，力氣越來越大。貓貓一邊覺得很難做事，一邊卻也只能把差事做完。

一話　姚兒的請求

不管有多疲憊不堪，早晨還是會來臨。早晨來臨，就表示必須去當差。

貓貓累得什麼都不想思考。她睏得受不了，頭腦卻不容分說地開始運轉，思考強人所難的難題。

（會不會在差事結束後把我叫去？治療燒傷需要的生藥有……）

她邊想事情邊整理櫃子。已經到年底了，見習醫官與醫官貼身女官，正在替藥房做大掃除。

「嗯——累死了——」

姚兒伸了個大懶腰。她手裡握著抹布，正在仔細地擦櫃子。

「大概就這樣了吧？」

燕燕也在扭乾洗好的抹布。

見習醫官們以體力活為主，室內的細部打掃則由貓貓她們負責。

「應該夠乾淨了吧？」

貓貓把抽屜放回原位。大掃除做完，今年的差事就結束了。

每逢年底年初，女官們會得到休假。醫官們必須在宮廷輪值，但似乎不需要連貓貓她們都留下來。

聽說是因為不給女官休假，老家的父母會有意見。

（畢竟是為了學習當新嫁娘才會來當差的嘛。）

或者，也可說是覓夫婿。

不過姚兒與燕燕都是認真來當差的，所以想必不會回老家度假。姚兒的父親已逝，老家的實權握在叔父手裡。而這個叔父千方百計想讓姚兒嫁人。

對於心裡只有小姐的燕燕來說，姚兒的叔父想必只是個敵人。

「我說啊，貓貓妳放假要怎麼過？昨天妳老家好像叫妳回去了一趟，放假是不是要繼續幫忙做事？」

姚兒晾起抹布，邊洗手邊問了。

所謂的被老家叫去，其實是替壬氏的召喚找的藉口。從姚兒的語氣聽來，大概是老家藥舖有急病患者，希望貓貓去幫忙吧。假如是早就料到貓貓會半夜失蹤而且早上才回來，那可真夠惡劣的。

（原來他從一開始就是那個打算。）

貓貓心中燒起了無名火，但現在必須冷靜。

如果誠實回答姚兒的問題，答案是否。

能回老家待個幾天就算不錯了。說不定當天就得來回，放不到假。

有位蠢到極點的貴人弄了好大一塊燒傷疤痕等著她。搞不好今天差事結束後就會派人來接她。

不能誠實回答，貓貓思考著該如何糊弄過去。總之就先以會回煙花巷為前提跟她說吧。

「這段時期對我來說，反而是旺季。」

「旺季？」

「荷包滿滿的郎君不見得會回家。客人一多，藥舖也會生意興隆，忙得很呢。」

姚兒偏頭不解，但燕燕似乎聽懂了，瞪著貓貓。消息靈通的她知道貓貓的老家在做什麼生意。兩人總不至於跑到煙花巷的青樓來吧。

「貓貓，請不要讓小姐聽一些難登大雅之堂的話。」

（但這是事實啊。）

講得淺顯易懂點，就是拿了大筆薪俸的諸位男子會來買笑追歡。醫師在這段期間也會休假，因此老鴇都叫貓貓繼續讓藥舖開著。既然不知道阿爹能不能回去，本來是預定讓貓貓回去的，這下泡湯了。

（又要挨老鴇罵了。）

最重要的是她擔心左膳以藥師來說還只有外行人水準，不知道能不能應付得來，但莫可奈何。

（抱歉了，左膳。你盡力吧。）

老鴇聽到攸關達官貴人的性命，應該也會接受的。只是不知道會如何地獅子大開口。絕不能讓直覺靈敏的老鴇得知命令的真正含意。

（藥舖的事已經託付給克用了，就相信不會有事吧。）

她想起那個臉上帶著痘瘡疤痕的快活男兒。他的藥師本領值得信賴，但想到那種吊兒郎當的性子，心中還是有所不安。

總之呢，她就一面想著這些事，一面把藥草田以及老鴇強人所難的要求也加進話題中。

「我是沒錢沒閒，所以沒得放假。」

姚兒不說話了。

「所以妳很忙對吧？」

燕燕向貓貓做確認。

「對。」

貓貓馬上回答，結果燕燕看向了姚兒的臉。

她似乎有話想說，但很遺憾，貓貓猜不出她的心思。
貓貓把灑掃用具收好，抬起頭來，看到姚兒還在那裡欲言又止。
「怎麼了？」
「……呃，貓貓的老家是開藥舖的對吧？」
「是啊。」
方才明明說過了。姚兒這會又一副心裡發癢的模樣。
貓貓正偏著頭時，姚兒好像終於下定決心了，開口道：
「為、為了學習，放假期間能不能讓我去貓貓家？」
「小、小姐！」
燕燕吃了一驚。姚兒說出的話，讓她險些沒翻白眼。
（畢竟地方不好嘛。）
看來她並不想讓寶貝小姐踏進煙花巷這種地方。她看著貓貓，希望貓貓能找點藉口推掉。
「我們那兒治安不好，還是算了吧。最糟的是，那裡到處都是比隨便一個武官更髒更臭的男人。那種地方對姚兒小姐來說太危險了。」
好不容易才拿忙當藉口糊弄過去了，要是她再堅持下去就糟了。

「……可是，貓貓不就住在那樣的地方嗎？」
姚兒不但沒退縮，竟然還回嘴。
「我是從出生以來就一直住在那兒。跟我這個住慣了的人相比似乎不太對。」
貓貓以為自己講得合情合理，卻似乎點燃了姚兒不服輸的心態。
「那只要習慣了就行了，對吧！」
「小、小姐，很危險的，放假期間還是待在家裡休息吧。」
「待在家裡，豈不是等著那男的上門！」
不用說貓貓也猜得出「那男的」是誰。八成就是那個叔父。
（換言之就是想拿我家當避難處。）
帶姚兒她們去綠青館會引發一堆問題。貓貓得去給壬氏看診，而且還不能被人察覺。老鴇的話最糟的情況下可以付錢堵嘴，但姚兒就難說了。
得想法子把話題巧妙地岔開才行。
「晚上睡覺怎麼辦？那裡雖是客棧，但可沒地方能讓姚兒妳們住宿喔。」
晚上客人會進進出出，更何況貓貓的家只是間破屋陋室。而且現在左膳與趙迂也住在那兒，著實不便留她們住宿。
「坦白講，貓貓的家實在不是給人住的，我想小姐是住不慣的。」

「燕燕妳怎麼知道？」

（呃不，我不就住在那兒嗎？）

連家裡的狀況都被調查得一清二楚，真是個做事萬無一失的丫鬟。昨晚貓貓不在，說不定也引起了她的疑心。一道令人不適的汗水流過背脊。

「妳沒有其他熟人了嗎？例如哪個朋友能讓妳暫住幾天……」

貓貓問錯問題了。

姚兒變得臉色鐵青，甚至顯得有點快哭出來了。

燕燕手搭在姚兒的肩上，用暗示的方式要貓貓賠罪。

（啊……）

貓貓懂了。她一定是沒有朋友。

這得怪貓貓不夠體貼了。得巧妙地換個說法才行。

「年底年初，家家戶戶都會有親戚上門拜訪，我看就算是朋友也會拒絕吧……」

「是呀。小姐是覺得貓貓還有生意要做所以有辦法，對吧？」

燕燕豎起拇指表示「很好」。可是這樣好嗎？這下就得把姚兒請到煙花巷了。

（最糟的情況下，可能得在綠青館借個房間……）

不成。這段時期客人進出多，沒有空房間。就算有也會被老鴇獅子大開口，即使付得出來也得待在整晚聽人叫春的房間，姚兒聽了搞不好會發瘋。說不定還沒結束，燕燕就會先去暗殺浪叫的人了。

最大的問題是，這樣掩飾不了貓貓外出的理由。

就沒有個剛好合適的地方嗎？

「……尋常客棧以外的地方比較好，對吧？」

「是。」

燕燕代替姚兒回答。

「之前我們擅自搬去其他地方住，結果隔日就被逮到了。」

（那位叔父究竟是何方神聖？）

燕燕之所以長於諜報，搞不好就是被姚兒的叔父鍛鍊出來的。

「就算住我家恐怕也會立刻被發現吧？」

「不，我想貓貓的身邊很安全。」

這話什麼意思？

「因為假如有壞胚子靠近妳，會有一些人把他們趕走。」

（啊……）

貓貓這下懂了。就是某怪人軍師。

貓貓頓時變得面無血色。但願昨晚的事沒被他察覺，一個弄不好怕會引發內亂。

（不，應該還不要緊。）

要是已經穿幫，他現在早就去尚藥局鬧事了。還不要緊。

這連帶著讓貓貓想到，有個住宿處符合姚兒與燕燕的理想條件。

那裡治安好、不會被家人發現，就算被發現了也不能出手。

雖然有這麼個地方，但貓貓個人很難啟齒。

「貓貓，我看妳似乎心裡有頭緒呢？」

燕燕迅速把臉逼近過來。

「如果有的話，可以請妳說出來嗎？」

她苦苦相逼，靠近到雙方鼻子只剩一寸的距離。這樣連目光都別不開。

「燕燕，靠太近了。」

幸好姚兒阻止了她，貓貓鬆了口氣。

「所以，地方在哪兒？」

結果姚兒也來追問她。

「請問在哪裡？」

貓貓不得已，只好舉雙手投降。

「兩位也認識那戶人家的主人。我是絕對不會去關說的，想住的話就請兩位自己去拜託他。」

聽說他們原本是名門世家，總會有幾個空房間吧。

「建議妳們可以去拜託那個守財奴捲毛眼鏡看看。」

不用說，自然就是怪人軍師的養子羅半。

姚兒等人到羅半家中投宿。

雖然以條件而論相當理想，但同時也有問題。

其一、那兒是怪人軍師的家。

其二、要讓姑娘家在非親非故的男人家中過夜。

說穿了就是個鰥夫的家。況且考慮到世人眼光，貓貓以為年輕姑娘不會想在那種地方借宿——

「哎呀，真是賞心悅目啊。」

羅半一面推著眼鏡一面前來。

上次討論之後，兩人立即修書一封，託男傭去送給了羅半。

「那小子好歹也算是個公的，不會有事嗎？」

當天公差一結束，羅半就過來了。一個看了就討厭的細眼小矮子在宿舍玄關笑臉迎人。
動作太快，讓貓貓不由得退避三舍。
「應該不會有事吧？眼神看起來並不下流。」
姚兒悠哉地回答。
不，姚兒應該再認真考慮一下才對。羅半遇到女子，出手可是意外地快。
「我想羅半大人的話可以放心。」
就連貓貓以為會反對的燕燕都採積極態度。一問之下才知道——
「羅半大人與女子交往總能斷得乾乾淨淨，而且對方全都比他年長。」
（早知道就不問了。）
貓貓只知道羅半是個滑稽人物卻很風流，但可不想知道他都跟哪種女子交往。世上有些男人受女子青睞靠的不是臉，而是舌粲蓮花。羅半也是屬於這種人。
於是事情就這樣順利發展，姚兒與燕燕決定在羅半家中借宿了。
羅半笑咪咪的，走近貓貓身邊。似乎是算準了姚兒與燕燕收拾的空檔。
「我會盛情招待兩位的，妳不用擔心。」
羅半碰了貓貓的肩膀，被她直接拍掉。
「太過分了吧，小妹。」

貓貓本來想順便踩他腳尖一下，但被躲掉了。

「可別對月君擺出這種態度喔。」

羅半一邊摩娑根本沒被踩到的腳趾頭一邊說。真是反應過度。

（這傢伙……）

貓貓一瞪過去，羅半咧嘴露出意味深長的笑意。

「好了，也許還會有其他客人上門，我這就帶兩位速速離去。」

羅半衝著她閉起一隻眼睛。

也許他知道昨晚貓貓被壬氏叫去的事？抑或是又在背地裡跟壬氏互相勾結了？

貓貓很想當場問個明白，但一吵起來可能會被姚兒她們發現。

（真是個滑頭的傢伙。）

——於是她決定換個話題。

「都拜託你了再來問這個或許不對，不過你有獲准帶她們倆上家裡嗎？」

如果要問說的是誰，自然就是貓貓不想說出名字的那個人。

「放心吧，義父出門了，數日內不會回府。所以昨晚的事情才能保密不是？」

（你到底知道多少啊？）

貓貓認為他應該不知道細節，但可能會往討厭的方向誤會。

不知是不是看出了貓貓的心思，羅半對她耳語：

「什麼時候能有娃娃？」

羅半的眼鏡亮了一下。

貓貓握緊拳頭。她恨不得揍他一頓，但現在生氣就如了他的意。

不得已，貓貓只得看著羅半，投以冷漠的視線，哼笑了一聲。

「我不知道你在說什麼，但就如你所看到的，我好得很。」

貓貓裝傻裝到底。況且是真的什麼也沒發生，沒什麼好怕的。

「好得很……這也就是說妳……難道在綠青館接過客？」

貓貓忍不住一腳狠狠踩在羅半的腳尖上。這次可沒在跟他客氣。

「哎喲喂！」伴隨著這聲哀叫，羅半的細眼一瞬間睜大。他讓視線在上空飄移，轉動脖子。忽然間，他捶了一下手心。

「……啊！喔，原來如此。我懂了，月君對他的心上人是……」

羅半似乎有所誤解，但這是貓貓故意設的圈套。羅半笑嘻嘻的，那張笑臉看了就不舒服。

「無可奈何，既然是這樣就無可奈何了。只要慢慢多來個幾次，總會有法子的。我就送些指南書與特效藥過去吧。」

那張臉真夠惹人厭的。貓貓能夠只踩腳尖就算了，真可謂菩薩化身。
「我們準備好了。」
燕燕拿著兩個大布包，旁邊還帶上了三個箱籠。整個行頭簡直像是要搬家。
「這些行囊，馬車放得下嗎？」
貓貓換踩羅半的另一隻腳，一邊在腳尖上使勁地扭一邊問他。
「沒什麼，好痛！姑娘家東西多是應該的。痛痛痛，車上有留空間，哎喲喂呀！」
就這種事情他準備得特別周到。
貓貓拿開腳，推了羅半的背後一把，要他快走。
「貓貓。」
姚兒用不可思議的眼神看著貓貓。
「怎麼了呢？」
「貓貓妳不去嗎？」
這位大小姐在說什麼啊？
「我不去。應該說我才搞不懂兩位在想什麼，竟然會想去這種男人的家裡。」
「燕燕說不要緊就是不要緊，不是嗎？」
她真信任燕燕。的確，貓貓也明白燕燕不會讓隨便一個男人接近小姐。

現在老話重提，對貓貓不見得有好處。貓貓很希望她們快點離開以免壬氏派使者來，但有件事一定得跟她們說清楚。

「妳們不怕別人亂傳謠言？」

貓貓向姚兒與燕燕做確認。

兩名未婚女子在一個光棍家中過夜，勢必會遭人誤會雙方之間的關係。

「……」

姚兒一臉複雜地看著貓貓。像是欲言又止，但沒把話說出口。燕燕看不下去了，開口道：

「到朋友家裡玩應該不是什麼奇怪的事。」

「嗄啊？」

貓貓忍不住發出了低沉嚇人的聲音。

「只、只要當成是這樣，我們也不會失了顏面嘛。所以，貓貓妳也得跟我們一起才行。」

姚兒結結巴巴地說了。

「我才不要，感覺好像會被老人味熏死。」

「貓貓，義父雖年事已高，但算是比較不臭的了。」

「嗄啊？」

「貓貓。」

燕燕又過來揉鬆貓貓的臉。姚兒用一種難以言喻的神情看著貓貓與燕燕。

「總而言之，義父不在家，妳放心吧。不要擺出那種臉啦，不可以喔。要嚇死大家了。」

「嗄啊？誰知道他不在又是幹什麼去了。」

「妳還記得棋聖吧？他帶著義父去旅行了，就是棋賽啦。家裡債臺高築，還得請義父多掙點錢呢。」

照羅半的作風，絕對已經安排好在對弈賽場販售圍棋書了。

「沒問題嗎？誰知道他會捅出什麼漏子來。搞不好反而還帶回更多債務咧。」

「這妳大可放心。陸孫閣下的後任副官最近很可靠，更何況有棋聖在。他那人很擅長應付義父。」

貓貓不太清楚那個什麼棋聖的為人。不過，既然下圍棋能讓怪人軍師吃敗仗，可見得頭腦一定聰明。

「貓貓，所以到底是怎樣？去，還是不去？」

姚兒不耐煩了。

「姚兒姑娘，貓貓今天似乎有她的事要忙。兩位姑娘不如今日就由我帶道，將就一下吧？」

羅半轉過頭去，一名男子往宿舍奔來。此人一身穿著像是男傭，卻是壬氏的使者，準備叫貓貓過去，用馬車把她載往其他地方。

「抱歉，今日又得勞煩到藥師姑娘了。」

畢竟有外人在場，對方講話方式較為曖昧，認為這樣說貓貓就懂了。

「明白了。」

聽到貓貓回答，姚兒露出一種說不上來的表情。

「……是嗎。那就沒法子了。」

她用有些冷漠的神情，轉身背對貓貓。

燕燕長吁一口氣，低頭向貓貓致意。

「那我們就去住個幾日……」

姚兒似乎心中還有牽掛。

「好。假如那邊那個小矮子想對妳們有非分之舉，請妳們立刻逃走。護身用菜刀有帶在身上嗎？」

貓貓提醒燕燕而不是姚兒。

「請放心，早就收進這兒了。」
燕燕悄悄從行囊拿出像是鐵撬槓的東西。
「短短的看起來好像很好使呢。」
「是，我去訂做的。」
「嗯，我什麼都不會做的。不會做什麼事情來讓妳打我的。」
羅半舉起雙手請燕燕別打他。姑且就先相信他吧。
「別跟人家敲竹槓討住宿錢啊。」
「不會啦，我不會收錢的。」
不，其實倒不如收錢比較令人放心，否則還得欠他人情。
貓貓一面覺得其中還是有鬼，一面為姚兒她們送行。

二話　離宮

使者沒照常把貓貓帶往壬氏的宮殿，而是來到了宮廷外的離宮。

（不曉得皇帝有幾座離宮？）

帶著大包行囊的貓貓，溜進離宮比宮殿容易。

京城裡另有阿多居住的離宮。身分尊貴的人，為了轉換心情而建造一兩座宮殿大概不是難事吧。

在比起平素多少較為鬆散的警備中，貓貓被帶往一個房間，壬氏、水蓮與高順都在那兒。

（不是馬閃？）

貓貓先是覺得奇怪，隨即明白這是皇上的安排。馬閃不笨但腦筋死板。恐怕只有高順會默許壬氏與貓貓兩人獨處。

高順就算察覺到不需要知道的事情，也不會深入追問。

（老嬤子不知道是怎麼想的？）

思。

水蓮一如平素地笑容可掬。但她這人笑容愈是燦爛就愈可怕。可怕在於猜不透她的心思。

另外似乎還有一人，從房間深處傳來餐具碰撞的叮鈴聲。莫非他們找到了哪個人才，承受得了壬氏的美貌與水蓮的狠操？

「小貓，有沒有需要些什麼？」

「沒有，沒缺什麼。」

她自己把器具湊齊帶來了，一些主要的生藥類也都已備妥。還是別隨便跟高順開口比較好。

不，只有一件東西必須開口要。

「只少一樣東西，若有冰塊的話，希望能拿一點。」

「好。」

水蓮代替高順回答。

「雀，去拿些冰塊來。」

冒出了個陌生的名字。

隨即有一名女子伴隨著獨特的腳步聲，提著大桶子過來。女子膚色黝黑，五官秀氣，小眼睛扁鼻子。年齡與貓貓相差無幾，但大概比她大一兩歲。

皇族的貼身僕役大多貌美，然而以服侍壬氏的人選來說似乎可以理解。問題不在長相，在於堪不堪用。

如同雀這個名字所示，女子體型嬌小並散發一種靈動的氣質。走動時會發出啾啾的腳步聲。

「只有大塊的。要敲碎嗎？」

桶子裡裝著一大塊用稻草包著的冰。很可能是京城之外千里迢遙的山間湧水結冰而成。這個時節外頭依然寒冷，附近的池塘都還結著冰，但貴人會特地從遠處讓人運來冰塊。

（不是要喝的耶。）

貓貓覺得是暴殄天物，但也只能拿了。

「可否請妳將它敲成大約四等分？」

「明白了。」

單名一個雀字的女子，從懷裡掏出槌子敲碎了裹著稻草的冰。

貓貓揉揉眼睛。雀做這種怪事做得一派自然，讓她以為是自己看錯了。

「大約這樣就行了嗎？」

「謝謝姑娘。」

貓貓低頭致謝後，雀也低頭致意，把冰桶放到了貓貓面前。

雀用手絹把槌子擦過後，收回了懷裡。然後又用小鳥般的輕捷動作回到房間深處。

「簡直跟某隻松鼠沒兩樣。只不過她是麻雀。」

水蓮盯著貓貓瞧，但貓貓很想說她的懷裡可塞不下那麼大一把槌子。

「還有沒有需要什麼呀？」

「沒有了。」

「那麼，請到這兒來。」

水蓮領著貓貓來到後頭的房間。

「好了，侍衛請到這兒來試吃新點心吧。」

水蓮把高順拉走。高順什麼也沒問，低頭致意後就照水蓮說的，坐到了椅子上。不知是不是貓貓多心了，總覺得他眼睛在發亮。

貓貓一面露出複雜的神情，一面關起房門。

原本神色自若的壬氏，霎時渾身虛脫坐到了床上。

貓貓立刻把要來的冰塊塞進帶來的皮袋裡，拿給壬氏。

「請用這個冷卻傷口。」

讓肚子受涼會造成腹瀉，但總比直接進行伴隨疼痛的處理來得好。

「想去茅廁時請立刻告訴我。」

「就沒其他話好說了嗎？」
壬氏板著一張臉把皮袋按在側腹部上。
「……您要小女子如何面對高侍衛與水蓮嬤嬤？至於另一個人，哎，就先跳過吧。」
貓貓取出帶來的器具與藥品。其中也包括了用來切除燒焦部分的小刀。就算獲得了信賴，一般來說只要貓貓像這樣帶著凶器，就絕不可能獲准與壬氏獨處。
（假如我是刺客的話該怎麼辦？）
雖說靠壬氏的能耐要壓住貓貓想必易如反掌，但也太不小心了。
「高順是奉皇上的命來的。」
壬氏的回答構不成答案，但貓貓聽懂了。
高順是奉皇帝的命令而來。看來皇帝是說什麼也不願讓外人得知，壬氏的身體藏了團驚天動地的火藥。無論高順知不知道詳情，想必都能辦得比馬閃更妥當。
「還有，烙鐵是水蓮準備的。」
壬氏的發言讓貓貓一瞬間僵住了。
「……她為何要這麼做？」
是壬氏誆騙老嬤子去做烙鐵嗎？不，有人能騙得過刁鑽的水蓮嗎？不可能，絕不可能。
「水蓮是站在孤這邊的。」

貓貓不太能理解壬氏這話的意思。既然作為奶娘負起了壬氏的部分教育責任，照理來講不可能容許壬氏這次的行為。

（猜不透水蓮的想法。）

高順之所以會過來或許不光是為了壬氏，也帶有監視水蓮的意味？

（不，別再想了。現在另有要緊的事。）

貓貓把點燈用的蠟燭拿來，把小刀燒過以殺滅上頭的毒素。將小刀甩過幾下讓刀刃變涼後，就要繼續做日前的處理了。

壬氏還在冷卻側腹部。

「請把衣帶也解開。」

「啊！喔。」

壬氏伴隨著窸窣聲放鬆衣帶，解開白布條。在滿滿的藥膏底下，留下了沒刮乾淨的焦痕。

「用過膳了嗎？」

「用過了。」

「那麼，請服用這個。」

貓貓把帶來的藥倒進茶杯，喝一口給他看以防萬一。

「是止痛藥嗎？」
「是清熱藥。需要止痛藥嗎？」
「需要。」
「哦，還以為不需要呢。小女子以為您喜歡虐待自己。」
只是半帶挖苦的玩笑話罷了，這杯藥裡已經摻了止痛藥。但現在喝下去也無法消除接下來削掉皮肉的疼痛。
貓貓擦掉壬氏側腹部的藥膏，替皮膚表面塗上酒精。以冰塊冷卻過的皮膚相當冰涼，用指尖戳戳似乎也沒多大反應。
貓貓拿條手絹給壬氏。
「處理過程會流血，您能自己擦掉嗎？還有請您離開床鋪，要是沾到血就麻煩了。這樣吧，請您在這兒躺下。」
貓貓把三張椅子擺在一塊，壬氏躺了下來。雖然沒有空間擺腿，但無可奈何。她以油紙蓋住壬氏傷口的周圍部位，又鋪在地板上。
這裡只有貓貓與壬氏在，不能請人幫忙。壬氏點頭表示明白了。
「小女子要下手了。」
「！好。」

壬氏面色緊張。用刀子切割皮膚的確會讓人緊張，但他的表情有點奇怪。

貓貓把刀尖抵在燒焦的皮膚上。血噗滋的一下冒了出來。

（情緒似乎有點激動？）

壬氏面色紅潤。血液循環太良好，替傷口做的冷卻就白做了。還是早早處理完吧。

貓貓切除殘餘的碳化皮膚。血汩汩地流出，她請壬氏按住流血的傷口。貓貓盡可能切除得薄一點，但依舊無法做得像把魚切成三片那樣漂亮。溢出的血滴答、滴答地落在地板的油紙上。

把斑斑駁駁的焦炭部分都刮乾淨了，烙印圖案便更加鮮明地浮現。

（真想直接把它割掉。）

要是能索性把周圍皮膚全部切除到看不見圖案，可以省掉一半的麻煩。不過，目前還是以治療為優先吧。貓貓專精的是生藥，此時對壬氏做的處理只比外行人多了點皮毛。她想避免造成更多出血。

貓貓以蒲黃做止血，用塗了油脂的紗布按住傷口，接著緊緊纏上白布條以防傷口出血。

她這才終於鬆了口氣，用手絹擦掉了血。壬氏按住傷口以防血液溢出的手也弄髒了。

「請用。」

貓貓把手絹沾溼了拿給壬氏。

「總之我已為您備好了每天服用的藥、塗抹傷口的藥膏，以及血流不止時備用的止血藥。替換用的紗布與白布條在這兒，準備了十天份。」

她把整箱的白布條等用品咚的一聲放下。

「壬總管天資聰穎，看小女子剛才那樣做，應該已經會纏白布條了吧？」

「……記是記住了。」

壬氏顯得有話想說。

「更衣也能自己一個人來吧？」

「……是可以。」

他滿臉的不服氣。貓貓知道他想說什麼。

「我也很想每日來給您看診。可是無論如何努力，我恐怕只能每三日來一趟，想每日來並不容易。因此您得學會自己一個人纏白布條。」

放假期間還有辦法。姚兒與燕燕不在的期間，半夜外出也有辦法做掩飾。可是，無論如何掩飾，誰也不知道哪裡藏著耳目。

（他之前來到煙花巷時都已經鬧得沸沸揚揚的了。）

有一段時期，壬氏會去給她看臉頰的傷。當時壬氏每次都是蒙面來訪，但不管怎麼想都很可疑。而且貓貓還記得，他的衣著與使用的頂級香料讓煙花巷的眾人緊盯不放，想知道是哪兒來的富貴老爺。

（我又能怎麼辦嘛。）

考慮到壬氏的傷勢之重，本來應該讓更像樣的醫官診治才好。貓貓的本業是生藥，主治內科。有需要的話她也願意做外科處置，但不是她的專業。以前她前往西都的途中，曾經截斷遭到盜賊襲擊的士兵手臂，但那是因為她知道已經回天乏術了。

「怎麼不說話了，沒有其他事情了嗎？」

「小女子正在思考。要煩惱的事情太多了。」

（都怪你這個萬惡元凶。）

罪魁禍首還好意思說。由於壬氏靠近過來，貓貓馬上閃開。

「……為什麼……」

為什麼要逃？壬氏露出有些沮喪的神情。

「很臭，請不要靠近我。我一身都是汗。」

「哪有多臭？」

「我就是不喜歡。」

貓貓在出門前有擦過身體，但全身一點一點冒出大量汗水，感覺很不舒服。切除壬氏的燒傷部位讓她太緊張了。不同於活動筋骨時流的清爽汗水，黏膩的汗很臭。

貓貓再退開一步遠離壬氏。

「總管今後打算怎麼辦？」

「治療傷患不是藥師的差事嗎？有勞妳了。」

真恨不得能甩滿不在乎地講出這種話的美男子一耳光。貓貓喘一口氣，拿水瓶倒杯水喝。事到如今，她不會再特地問過壬氏。

（冷靜點冷靜點。）

「是，藥師的確會替人治病療傷。可是總管的傷……燒傷實非我所能醫治。我的外科本事都只是邊看邊學，從未正式拜師學藝。剛才做的處置也不能說一定正確。」

「但妳剛才不就做到了？況且應該也不需再動刀了吧。」

壬氏悠哉地摩娑腹部。

貓貓不禁雙手往桌上一拍，手心一陣發麻。拍桌之後，她東張西望看看有沒有傳到屋外。房間很大，就當作沒問題吧。

「一位讓自己破相，又讓腹部燒傷的人，敢斷定自己今後絕對不會受重傷嗎？」

貓貓一面甩手，一面狠瞪壬氏。

貓貓也想相信壬氏並非抱持樂觀態度。只是擔心等發生了什麼事就太遲了。

換言之，她深切感受到自己的能力不足。

（得想想法子才行。）

貓貓想起了阿爹的容顏。阿爹教導過她生藥的各種學問，但關於外科處置只肯教她一點粗淺知識。她想起阿爹還說過，不許她碰人的屍體。

貓貓抿緊嘴唇，看向壬氏。

「壬總管。」

「怎麼了？」

「小女子現為醫官貼身女官。雖然是個不大穩當的職位，但好歹也是通過考試得來的。敢問這個官職有多大權限？」

目前貓貓負責的差事，是洗滌白布條以及調合簡單的生藥，再來就是治療輕度傷患了。重症與重病患者全都是派給老練醫官處理。

假若技術方面沒有問題的話，貓貓能夠獲准做多大的處置？

壬氏以手輕觸下巴。

「沒劃分過嚴謹的界線。恐怕是看上級醫官們如何定奪吧。」

「是這樣嗎？」

貓貓想起了劉醫官。他不只是上級醫官，還是處於管束眾人的立場。要求教的話只能找他，不然就是——

（我如果求阿爹教我外科技術，不曉得他會不會難過。）

不是生氣而是難過。阿爹羅門就是這樣的人。

貓貓早已猜出阿爹不願教她外科技術的理由。

一般人常把外科處置視為不淨之事。同樣是醫師，與湯藥治病受到的待遇大不相同。據說西方情況更是離譜，常由理髮匠兼任外科醫師。

羅門不只自己受害，也看過別人受到迫害的情形。他一定是不希望貓貓將來受到旁人輕蔑，才會將她教育成藥師。

（我很感謝阿爹，可是……）

看來貓貓的人生，比羅門所想像的更加動盪不安。

「壬總管，小女子想向養父求教。如此是否可行？」

既然要學，她第一個想向阿爹討教。

「羅門閣下是吧……知道了。」

壬氏一瞬間像是考慮了一下。阿爹直覺敏銳，光是聽貓貓說想學外科技術就可能猜出發生了什麼事。但同時只要事情不出臆測的範圍，羅門就不會說出來。

（阿爹，抱歉了。）

雖然怕他會擔心到罹患胃穿孔，但瞞著不說應該更不好。

（全都是這傢伙不好。）

貓貓瞪向壬氏。

至於壬氏，則是仰望著天花板。

「羅門閣下是還好……」

不，一點也不好。貓貓險些沒說出口，繼續整理器具。她把吸了血的油紙揉成一團裝進皮袋裡，擦掉滴在椅子與地板等處的血。收拾的時候睜大眼睛，不留下任何一個血跡。

貓貓收拾完器具時，壬氏的思考似乎也告一段落了。

「那麼，小女子告退。」

「……這麼快就要走了？」

「事情已經做完了。」

貓貓沒那閒工夫繼續陪用眼神抗議的貴人混下去。現在尚早，還回得了宿舍。

她把最後一件器具收起來，然後定睛看著壬氏的臉。

（得跟他講清楚才行。）

「壬總管，您所背負的巨大重擔，我不認為我能背負得來。我想正是因為這樣您才會出此下策，不過——」

貓貓深吸一口氣，吐了出來。

然後，揪住了壬氏的胸襟。
「沒有第二次了。」
沒有破口大罵已經堪稱奇跡了。
壬氏尷尬地別開目光。
（這傢伙靠不靠得住啊？）
貓貓雖心有不安，但仍抱著行囊離開了房間。

三話　華陀之書　前篇

隔天一早，貓貓被宿舍大娘的聲音叫醒了。

「有客人來找妳喔。」

貓貓一面揉眼睛一面更衣，前去玄關看看是誰來了。在那兒等她的，竟是性情柔和但總是一臉為難的養父。

「怎……」

貓貓本想問怎麼了，但她想起來了。昨晚她告訴過壬氏想與羅門聯絡。

（還真快。）

看羅門的表情，似乎已從壬氏的書信得知了貓貓想學什麼。

「……呃，阿爹……」

貓貓不知該怎麼解釋，但阿爹瞇起眼睛輕，嘆了口氣。

「總之先換個地方吧。」

羅門把手掌輕輕放到貓貓的頭上。

宿舍外早已備妥了馬車。對於腿腳不方便的羅門而言，光是走在街上都是件費力的事。不過，不知道是要上哪兒去？

貓貓一面隨著馬車顛簸，一面慢慢找點話跟羅門說。有事瞞著他令貓貓感到尷尬。

「阿爹也放假？」

「就今天，明天還得當差呢。畢竟醫官是休不得長假的。」

的確，宮廷內的人也不能全部一起放假。醫生大夫什麼的，隨時得維持著最低限度的人數。最重要的是在王公貴人身邊，連一位醫官都沒有怕會出事。

「不過人少差事也少，所以會趁這機會鍛鍊見習醫官們。」

（我也好想參加喔。）

貓貓她們女官與醫官之間，能做的事果然還是劃分了界線。比起偷懶打混的見習醫官，貓貓覺得自己更努力也更有能力，但莫可奈何。

隨著馬車匡噹晃動了好一會兒，貓貓抵達了一棟讓她感覺不太舒服的宅第。

地點在京城的東邊附近，以上流階級的居住區而論稍稍近似於庶民街區，不過占地倒是挺廣闊的。看得出來原本是幢豪宅，但一看就知道舊了。

奇妙的是大門入口有著怪異的碑碣。那裡擺著巨大的圍棋棋盤，附近還放著又大又圓的黑白石頭。只要把大小撇一邊的話，就可以直接拿來下圍棋了。

除了黑白石頭之外，還擺著像是將棋棋子的東西。這是木製而非石雕，寫在上頭的文字顏色已經斑駁。文字若不是刻上去的，早就看不出是哪個棋子了。

棋盤似乎是共用的，上頭劃著細線。從大小來看可能是一塊完整的石頭。光是派人運來都得花大錢。

只能說真是鋪張浪費。

不知是家主做的，還是別人贈與的。總之光是突出家門占據了路面，就可以罵它一句礙事了。

都講了這麼多，想必不用再說明這裡是誰的府邸。

貓貓等人穿過老舊的大門後，只見一張討厭的笑臉等著他們。

「叔公、貓貓，你們回來了。」

羅半把賊頭賊腦的細眼瞇得更細，笑臉迎人。

沒錯，正是怪人軍師的府第。

「這裡不是我家。」

「我早已被攆出來了。」

貓貓與羅門各自用不同說法否定羅半的「你們回來了」。

貓貓只聽羅門說要換地點，萬萬沒想到居然會被叫到怪人軍師的家裡。而且此時此刻，有位人物正在這府第裡暫住。

「羅門大人，給您早上請安。貓貓，妳可總算來了。」

燕燕從羅半背後走了過來。她向羅門深深鞠躬，對貓貓則是微微偏頭，神情像是有話想說。

「不，我本來沒打算來的。」

「不，妳該來的。妳真的該來。」

燕燕一邊這麼說一邊頻頻偷瞄背後。貓貓順著她的視線看去，看到姚兒躲在柱子後頭。

燕燕的眼睛在說：「小姐好可憐，又好可愛。」

羅半可能早就知道燕燕這方面的癖好，用不冷不熱的眼神看過一眼，接著視線移向羅門。

「不知叔公有多少年沒回來了？聽說您在我懂事之前即已離家，後來就一直沒回來了，是吧？」

「是啊，差不多有十八年了。是有回來取過包袱，但也就如此而已了。」

阿爹的目光像是在緬懷過去的時光。這段歲月正好符合他開始扶養貓貓的時期。

「叔公以前住的房間還在，只可惜您沒早點通知我。」

羅半邊輕輕搔著臉頰邊說了。

「叔公以前住的廂房正好昨日借給了兩位姑娘。書庫之類的倒是沒動過，不過叔公如果要住下，我會在主宅這兒為您備好房間，您意下如何？」

「不了，我沒打算過夜，你放心吧。我只是來給貓貓出試題的。不過房間棄置久了，想必髒亂不堪吧。」

「請叔公放心，我們有按時打掃的。」

（什麼試題？）

看來羅門受到壬氏所託，決定給他個面子。如果這個什麼試題與外科技術有關，那她就能理解了。

可是，她總覺得事情沒這麼簡單。

不顧貓貓的想法，羅半繼續與羅門交談。

「是這樣啊？我是覺得如果能回來一起住，義父也會很高興的。」

「不了，我腿腳不方便，宿舍離宮廷近點比較好。從這兒過去有點遠。」

「乘馬車不就行了？」

羅半的真心話，八成是覺得照顧那個老傢伙很麻煩，想讓羅門幫忙吧。

羅門面帶笑容委婉拒絕。

羅半看起來像是無意急躁行事，但已經在打一些主意了。

「姚兒姑娘、燕燕姑娘，我們要走一趟廂房，可以吧？」
「我不介意，不過……」
燕燕看向姚兒。姚兒被羅門問到，也就從柱子的陰影中走了出來。
「我也不介意，只是……」
語氣像是別有含意。她頻頻偷瞄貓貓，但貓貓只略為打個招呼。她急著知道羅門的試題是什麼。
「……只是，您說的試題是什麼？莫非是想只給貓貓一個人特別上課？」
姚兒的神情有點嚇人。
燕燕在姚兒看不見的位置，比手畫腳地想向貓貓傳達些什麼。
（真抱歉，我看不懂。）
面對語氣稍有責備的姚兒，羅門露出為難的神情。
「這個嘛，當我聽羅半說兩位姑娘也在家中時，我心想這下剛好。因為只給貓貓特別上課恐怕不太妥當。」
「那麼，您是願意一起教我們醫術了？」
姚兒的神情稍微開朗起來。
「不能說教就教，習醫也是得符合資格的。兩位姑娘……不，包括貓貓在內，我得確認妳們三人有此覺悟，這妳們能接受吧？」

（符合資格……）

貓貓覺得這話很不像是阿爹的個性。羅門這人向來秉持博愛精神，不分貴賤。資格這種挑揀對象的字眼令她覺得有些突兀。

「總之等進了房間，再來做解釋吧。兩位姑娘也同意吧？」

「我同意。」

「只要姚兒小姐同意，我也同意。」

貓貓更不用說，就跟著阿爹走去。

（兩人也一起啊。）

貓貓不禁感到不安。她能夠想像接下來要研習的是何種醫術，兩人卻不知其內涵。姚兒是眾所皆知的大戶人家小姐，燕燕則是伺候她的丫鬟。

（這可不是要學未知的藥方啊。）

燕燕姑且不論，姚兒有時比較不知變通。貓貓雖心有不安，但仍跟著帶路的羅門走。

（其他東西都沒大門的巨大棋盤那樣奇特呢。）

一路上都沒人說話，於是貓貓放眼觀察四周。

庭院就是庭院，但沒有種植任何樹木。各處擺著大石頭，布置成簡約優美的園景。她猜想大概是出於羅半之手。

詭異的是，建物柱子、欄杆與牆上留下了多處奇怪的焦痕與刀痕等。讓人不禁想像這裡可能發生過某種流血械鬥。

（哎，畢竟曾經把親生爹娘趕出家門，還製造了一堆政敵嘛。）

就算在宅院裡發生一兩場廝殺也不奇怪。

其實，這是貓貓初次來到怪人軍師的家。兒時她多次差點被怪人軍師帶回家中，每次都是老鴇用掃把把軍師痛打一頓救出她。

附帶一提，每回被人用席子捲起的老傢伙，都讓羅半帶回去了。

「你們這地方有夜賊出沒？」

貓貓酸溜溜地說，手指滑過焦黑的柱子。紅漆剝落的柱子，看得出來是覺得修繕也沒意義就棄置了。

「別講得這麼難聽。看清楚點，焦痕是義父燒的，刀痕也很舊了不是？早在大約十年前起就不常有凶徒闖入了。」

聽到羅半的回答，姚兒與燕燕倒退一步。

（講得像是偶爾會上門一樣。）

燒焦的痕跡也許是用火藥等玩意炸出來的。簡直是擾鄰。

「這方面的事情，放心交給妳哥哥吧。我沒忘記多請一倍的護衛。」

「換言之，平常就需要現在護衛的一半是吧。凶徒要是上門可就糟了。」

燕燕輕聲低喃。好不容易逃離了姚兒討厭的親戚卻被凶徒襲擊，那可吃不消。

羅半面露苦笑。一行人經過正屋，前往廂房。這裡比起正屋算是小而雅致，但較庶民的家稱得上穩固紮實。

「就是這了。」

貓貓探頭往裡面看。雖然不氣派，但也不算樸素。既然燕燕判斷可以當成小姐的住宿處，應該還不算差。

「兩位姑娘昨晚睡得可好？有任何在意之事請儘管吩咐。」

羅半詢問客人有無不滿之處。

（凶徒都會上門了，還問什麼有無不滿。）

「謝大人。我們睡得很好，環境幽靜，沒發生什麼事，我想只要凶徒不來就不會有問題。」

燕燕雖有禮地低頭致謝，但也不忘再提醒一遍。

「傭人人數是否足夠？」

「是。小姐的生活起居有我照料就夠了，不成問題。」

燕燕挺著胸脯說。姚兒羞赧地別開目光。

「一切都好的話，我人就在正屋。」

貓貓再度望向庭院。

宅第這麼大，卻幾乎沒幾個傭人。能列出來的，只有正在修繕宅第的男僕，以及三個不知是在做事還是玩耍，十歲前後的小姑娘。不，其中一人好像是男孩。

「你們雇用小孩子？」

她叫住介紹完畢，正準備回屋的羅半。

「與其說是雇用，不如說是挖掘潛力吧。」

「啥意思啊？」

姚兒與燕燕也興味盎然地傾聽。

「義父偶爾會收養無親無故的孩童，說是可能有用。」

「……是這麼回事啊。」

怪人軍師為人處事一無是處，唯獨看人很準。

「那邊那三個，本來是只想撿一個的，結果另外兩人也跟來了。不得已，就三個一起照顧了。」

嘴上這麼說，羅半的眼神與神情卻不像是自認吃虧。看來是以收養三人的方式，逐步將他們栽培成可用之才。儘管目前必須支出三人的養育錢，大概有把握能在數年後回本吧。

「請問……」

姚兒怯怯地舉手。

「家主羅漢大人何時回府？」

這正是貓貓想確切知道的事。

「我想最起碼三天不在家，因為他說要與棋聖來個三盤兩勝。一局一天是下不完的，所以必定會比這更久。」

羅半看著貓貓的臉回答。看來是想告訴她：「他真的不在家，放心。」

「況且雖非官方比賽，但觀眾還是很多。他們都會借個專用的樓房連日對弈。」

「莫非是為了我們而特地這麼做的？」

姚兒有點驚訝。

「不，他們每年都這麼做。每年讓我卸下看顧義父的責任幾天也不為過吧？恰巧這時，妳們捎信來了。我就心想剛好。」

「那麼，關於我們的事呢？」

「不要緊，只要妳們沒有歹意，義父不會介意的。縱使他休假期間回來，妳們一樣可以繼續待著。畢竟義父雖然像那樣不知從哪裡把小孩子帶回來給我養，卻連撿了誰回來都不記得嘛。」

那個怪人軍師，似乎有著某種能即時分辨敵我的能力。只要姚兒她們沒有惡意，應該就不用擔心了。

「那麼我就早早離去吧，免得在這兒礙事。叔公，我走了。回去的時候我再給你們安排馬車。」

「好，麻煩你了。」

羅半準備回主屋去。

「啊！對了對了，貓貓。」

「……」

「想到這宅子裡住下隨時歡迎喔。」

「別說這種不可能發生的事好嗎？」

貓貓看他一眼，意思是：你這捲毛眼鏡臭小子在鬼扯什麼啊。

「是嗎？我倒認為妳會想住下不走喔。這兒有妳想要的東西，更棒的是有趣的機關一大堆。」

羅半故弄玄虛地說完，就離開了。

「會有才怪。」

貓貓環顧廂房之中。房舍構造老舊，往走廊深處走去，會看到左側是廚房與廳堂，右側是房間。牆壁讓貓貓感到有些奇異。牆壁使用了兩種木材，做成了濃淡雙色。

貓貓接著打開了深處的房門。

「……」

一股紙張的氣味傳來。

櫃子裡排列著古舊的醫書，反方向擺著藥櫃。牆壁跟走廊同樣是雙色花紋，地板鋪著褪色的地氈，天花板分成九個格子，畫著曼荼羅般的圖案。但她現在沒多餘心思去思考這些裝飾。

（啊！我懂了。）

貓貓看向羅門。羅門帶著懷念的神情摸摸書櫃。

「很驚人對吧，嚇了我一跳呢。比起藥房的藏書毫不遜色。」

姚兒對貓貓說話，但她左耳進右耳出。

貓貓兩眼發亮，打開藥櫃的抽屜。裡面自然不可能有藥材，但經年累積的生藥氣味鑽進了鼻孔。

她翻開書櫃上的書。古舊書籍有著明顯的書蠹咬痕。

阿爹是為了養育貓貓才遷至煙花巷居住。離開後宮的前宦官，當年一定是幾乎身無分文又被老家趕了出來。

這兒有很多過去貓貓想偷看而挨罵的書。

貓貓口水直流。這時燕燕突然冒了出來。

「昨天看到時我嚇了一跳。每一本都是極富價值的醫書。」

「……哦！」

貓貓擦掉口水，盡可能裝出平靜的神情，但臉頰很快就失守了。

「一個晚上實在看不完這麼多書呢。就算把長期休假全用掉，恐怕也看不完吧？」

「小姐說得是，真是太遺憾了。得要貓貓一起在這兒留宿，才能看得完。」

燕燕用手肘頂了頂貓貓，想誘導她做出某種結論。

這下貓貓明白羅半那句故弄玄虛的話是什麼意思了。這是在刺激貓貓的欲望，想把她留下。

貓貓雙手用力拍一下自己的臉，看向羅門。

「呃……阿爹，所以我們需要什麼資格？」

雖然是當著姚兒她們的面，但貓貓不小心用上了平素的說話口吻。

羅門依然垂著八字眉，摸摸書櫃。

「關於剛才說過的資格，其實很簡單。只要能接受藏在這房間裡的某本醫書就行了。」

「接受醫書？」

這說法很怪。既然說是接受，指的應該不是收下，而是能接受它的內容。也許意思是必須具備足夠的知識去理解書籍內容才行？

「某本醫書指的是？」

姚兒神情莊重地做確認。

「『華陀之書』。」

華陀是傳說中的一位醫師。此人醫術卓絕群倫，據說百治百效，與其說是真有其人，毋寧說流傳的大多是仙人般的奇聞軼事。

「我不懂您的意思。」

有話直說是姚兒的優點也是缺點。

「不懂我的意思，就不用想了。」

這種口氣以羅門來說算是很冷漠了。平常他不會這樣拒人於千里之外。

（當然資格也是原因之一，但我看是不想教我們吧。）

貓貓覺得姚兒她們在場真是一大失敗。羅門也許對兩人有所顧慮，於是提出了更為艱難的試題。

羅門必定是為了貓貓她們的將來著想，不希望她們走上醫療之道。

她們必須從大量書籍中，找到這個什麼「華陀之書」並理解其內容。

（塞給了我們一個難題。）

這跟壬氏帶來的麻煩事有著不同難度。

羅門好像言盡於此，已經準備離開廂房。

「大人請留步。為防萬一，可否准我做個確認？」

燕燕舉手叫住羅門。

「妳想確認什麼？」

「是。您說的『華陀之書』確實在這房間裡對吧？」

「對，至少在我離開這棟宅子時還在。只要沒被亂動，應該還在原處。」

「就是『**華陀**』二字無誤吧？」

燕燕特地用手指寫了「華陀」給他看。

阿爹的眉毛稍微下垂了。

（燕燕真敏銳。）

這是羅門感到為難時的小毛病。燕燕必定是問到了問題中的陷阱。

「無誤。只是書名不見得就是這麼寫的。但就是『華陀』這兩個字。」

貓貓也在想有沒有問題要問羅門，但大多被燕燕問了。

「我也有問題。」

姚兒舉手。

「請說。」

「這個問題，貓貓一個人解得開嗎？」

「……我想是解不開的。妳們倆的出現，老實說真是失算。」

羅門之後就沒再說什麼，拄著拐杖離開了廂房。

「完全有聽沒懂。」

貓貓一面嘟噥，一面拿起了書籍。棄置了將近二十年的書籍滿是書蠹咬痕。溼氣、日曬與蟲蛀使得有的書文字暈開，有的書經年劣化而脆裂。很多書都不是木簡而是紙本。想必是因為嫌木簡太占位子，房間塞不下的關係。

「都沒有曬書防蟲，所以保存狀態都很差呢。」

「是，可惜了這些醫書，最好能抄寫下來。」

真想從庸醫的老家訂購上等好紙，做些抄本。每本書的內容都很有用處，要不是有羅門的試題得解決，她巴不得能一直待在這兒看書。

（啊——我還沒試過這個藥方呢。）

貓貓險些看到忘我，猛地一回神連連搖頭。她沒那閒工夫了，傍晚還得再去壬氏那裡。

最好能早點把問題解決了。

「請問兩位姑娘，妳們說從昨晚就在這兒看書，不知覺得怎麼樣？」

「也沒怎麼樣，我覺得都是有益處的書。」

「是，全都很能派上用場。但我想沒有一本書能斷定是『華陀之書』。」

首先問題在於：「華陀之書」究竟是什麼？

（阿爹絕不會提出沒有答案的問題。）

阿爹說了那本書就是答案。也說了要她們接受那本書。

貓貓沉吟著看看書籍。

羅門人稱聞一知十的天才，不可能想像不到將近二十年前的書庫變成了什麼樣子。就算羅半說過書籍放著沒動，也應該猜想得到書籍早已經年劣化，滿是蟲蛀且脆弱易碎了。

有些書的狀態甚至可能無法閱讀。

「姚兒姑娘、燕燕。我們先來整理一下已知的部分如何？」

羅門說貓貓一個人的話解不開謎題。她本來以為是指書太多一個人找不完，但就算是三個人也一樣。

因此，她推測不是藏書的數量，而是另有一個難解的條件。

「整理什麼已知部分？是要看看有哪些書嗎？」

「書櫃裡的書都分門別類得清清楚楚。不妨我來寫下每個書櫃的分類吧？」

「有勞姑娘了。」

燕燕俐落地寫了張單子，把書櫃的配置與每種分類的書本位置補充上去。

「對了，書背上寫了分類用的數字。」

貓貓看看手裡書本的書背。上頭寫著「二—1—I」。封面用的是耐用的紙，沒有蟲蛀，字也看得清楚。

「我不懂這個的意思，是數字沒錯吧？」

姚兒看不懂異國語言，因此偏著頭問道。貓貓與燕燕略懂一點讀寫，所以知道它的意思。

「是，此乃西方的數字。」

燕燕把書背的數字也補充上去。

貓貓盯著書櫃瞧，注意到了一件事。

「不好意思，妳們有誰拿走了這兒的書嗎？」

貓貓指指兩本書的中間位置。

「沒有，我都有放回去。」燕燕說。

「我也是。我現在手上這本，是從其他書櫃拿來的。怎麼了嗎？」

「沒有，只是漏了一號。」

書櫃上按照書背的數字排列著書本。只是，有個號碼漏了。

「是幾號？」

「是『一—2—Ⅱ』。我再看看其他書櫃。」

貓貓也檢查了其他書櫃。姚兒似乎也很想幫忙，但有些數字她看不懂，因此只是盯著貓貓瞧。

「這邊沒有漏。」

「其他呢？」

「其他——我想應該沒有。」

只有一本找不到。

（會是阿爹拿去了嗎？）

貓貓沉吟著想。就她的記憶，煙花巷的破房子裡沒那種書。

「要不要問問看羅半大人？」

燕燕寫上「一—2—Ⅱ」，然後放下了筆。燕燕能力優秀，似乎可以期待她查出些什麼。

「我想他中午會過來。」

燕燕從窗戶確認太陽的高度以得知時刻。

「中午會過來？是來通知飯菜準備好了嗎？」

「不，是來用飯的。所以我差不多得去燒飯了。」

「燒飯？」

貓貓發出傻眼的聲音。

「人家是說會為我們準備，但燕燕說想自己做。於是我們就請人家準備了食材跟地方，但羅半大人好像一吃就喜歡上了。昨日的晚膳，還有今日的早膳都是來我們這兒吃的。」

姚兒補充說明。

（原來如此啊。）

羅半本來就喜愛漂亮美好的事物，當然也喜愛美食。若是美味佳餚旁邊再配上美人就美極了。

（那個混帳。）

燕燕也真好講話。又不是不知道那個捲毛眼鏡對美人毫無招架之力。

「那麼我去去就回。小姐，今天有您最愛吃的家鴨，敬請期待。貓貓，再來就拜託妳了。」

燕燕一下子就不見人影了。

（對燕燕來說，小姐的膳食比什麼資格重要多了。）

本來還期待她能查出些什麼的，貓貓感到有些遺憾。

「不用拜託貓貓，我一個人也能查出來的。」

至於應該早已離開房間的燕燕，感應到姚兒露出微鬧彆扭的表情而從門縫偷看的事，就別說出來了吧。燕燕的眼睛簡直像要繪影圖形似的，緊盯著姚兒的表情不放。

「缺了書本的事之後再向羅半大人做確認，我們現在是不是檢查其餘的書本就好？」

「關於這件事……」

貓貓想了很多。貓貓比姚兒她們更了解阿爹羅門，所以比兩人更明白阿爹的意思。她從書櫃上抽出一本書，隨手翻頁。經年劣化的紙張有多處破損，還有些書頁因為潮溼而黏合。假如硬是撕開，恐怕導致文字消失。

「我感覺『華陀之書』似乎不是這種形式的書。」

「這話什麼意思？」

姚兒一臉詫異。

「阿爹……說錯，羅門說過要我們接受『華陀之書』。雖不知道『接受』是什麼意思，但總之得先看過內容才能再做打算。」

貓貓說話時故意強調身為親屬的羅門，而非醫官羅門。

「是這樣沒錯。」

「羅門這個男人，在不願讓人做一件事時會給人出難題，但絕不會出無解的問題。所以，我不認為答案會是一本棄置將近二十年且恐怕不曾細心管理的書。至少我想不會是這種用粗糙紙張做的書。」

姚兒的眉毛連連抽動。

「可是，誰會知道這些書二十年後會變得這麼破爛？會不會是妳想太多了？」

「不，我養父是天才。我想這點小事他早就預料到了。」

貓貓斷言道。

姚兒的神情看起來有些傻眼。

「……假設不是本普通形式的書好了，那妳說什麼樣的書才對？」

「這個嘛。」

貓貓拿起書櫃底下的木簡。由於比較占空間，數量比紙本書籍少多了。儘管有木製或竹製之別，總之都遠比粗糙紙張來得耐用。

「這種的比紙耐擺多了，只是……」

「只是什麼？」

但總覺得哪裡不對。

貓貓喀啦喀啦地打開用繩索捆起的木簡。雖然耐擺，但記述功能還是不比紙張，況且也沒寫什麼特別奇特的內容。

由於數量少，兩人分攤著查，很快就全確認了一遍。

「不是呢。」

「感覺好像不是。」

兩人都嘆著氣，把木簡放回原位。

「真要說起來，『華陀之書』究竟是什麼啦！」

「就是啊，為什麼是『華陀』呢？」

燕燕向羅門確認過這個名字。貓貓真希望她能再問得深入一點。

「而不是『元化』。」

「記得『元化』是『華陀』的別名對吧。經妳這麼一說，的確比較常聽到的都是『元化』呢。」

姚兒不愧是也學過點醫術，知道這個名字。「華陀」是傳說中的人物，但一般都稱其為「元化」。理由是——

「就算是茘國建國以前的人物，名字裡有『華』字還是不太好嘛。」

基本上，國內並不允許皇族以外的人使用「華」字為名。除了偶爾有不識字的農民給孩子取名為「華」，或是挑戰權威故意如此命名之類例外——

（例如女華小姐。）

女華是她成為娼妓時取的名字。她身為一個討厭男人的娼妓，活得毫無自由可言，所以一定很怨恨這個讓她淪落風塵的世界。會叛逆地取這個名字想必也是因為如此。

「既然是宮廷醫官，就是社稷之臣。『華佗』這個名字，本來也是不該說出口的。」

姚兒說得一點也不錯。羅門不可能忘記這點。

（既然是這樣……）

貓貓感覺又更接近了一點羅門的考題。她還不知道書在何處，但已經猜到了書的內容。

（假如是我猜想的那種書，我不認為他會放在看得見的地方。）

放在書櫃上的書包括木簡在內，看來都能剔除了。

那麼，書究竟在何處？

四話　華陀之書　中篇

貓貓跟姚兒在書櫃上到處檢查了半天，不久燕燕回來了。

「久等了。」

手裡端著熱呼呼的飯菜。拿不動的部分讓後頭的小矮子端著。這棟廂房也有廚房，但大概是覺得要烹調大量飯菜，就去借用了主屋的廚房吧。

眾人從書庫移動到廳堂，在桌上擺下端來的飯菜。

「嗨，我中午也來沾光了。感謝妳們的招待。」

羅半毫不客氣地笑著說。

（誰招待你了。）

貓貓與燕燕大概就只有這件事是同一種心思。羅半還細心帶來了伴手禮。不知是怎麼調查到的，送的是雪蛤。姚兒很愛吃這個，只是出手還真大方。

附帶一提，姚兒才正要看看是什麼東西，燕燕就迅速把它藏了起來。千金小姐至今還不知道自己愛吃的點心原料是青蛙。

（看來上次的圍棋大賽讓他賺飽了荷包。）

而且羅半似乎正在做甘藷買賣，除此之外還有其他正業。明明應該忙到分身乏術了，這種面面俱到的能耐倒是可以稱讚一下。

「能在百花圍繞之中用膳真是一大福分。薔薇、菖蒲，還有酢漿草。」

不用說貓貓也知道酢漿草是誰。

「那麼雖然有點早，就開飯吧。」

姚兒指指圓桌上擺好的菜餚。桌邊放了四把椅子。姚兒與燕燕、貓貓與羅半各自相對而坐。羅半處於左擁右抱的狀態，但每次一跟貓貓目光對上，就擺出一副教人火大的表情。老實講，貓貓才想給他一聲「哼」呢。

在正中央的主菜位置，整隻的烤全鴨油光閃閃。

貓貓不禁咕嘟一聲吞了口口水。這樣令人垂涎三尺的美味，不光是姚兒，連貓貓都快變成愛鴨人士了。

羅半也一樣兩眼發亮。再矮小還是個男人，也才二十一歲，還是食慾旺盛的年紀。

燕燕見狀，從座位站了起來。

「我再去切點蔬菜好了。貓貓妳也來幫忙。」

似乎是覺得分量不夠。燕燕顯得不大高興。本來以為放假能跟小姐獨處，有人來壞她好事當然不開心了。
「我也來幫忙。」
「不，小姐，很快就好。請您趁熱先吃。」
燕燕態度堅決地拒絕姚兒的好意。
（搞砸了。）
姚兒在那裡生悶氣。
貓貓知道燕燕一心只有小姐，卻在一些奇怪的地方不了解小姐的心情。大概是所謂的當局者迷吧。
追加的蔬菜已經在隔壁房間準備好了。這是間簡易的廚房，貓貓瞇起眼睛，心想羅門昔日或許就是在這兒調藥。
「快點做完吧？」
貓貓把蔥切成絲，燕燕再多煎些薄餅。灶火為了取暖而一直燒著，很快就能把餅煎好。
「讓姚兒姑娘與捲毛眼鏡獨處不要緊嗎？」
貓貓姑且問一下。雖說就在隔壁房間，怎麼說還是孤男寡女。
「捲毛眼鏡公子不會對小姐出手的。那一類的男子除非是要聯姻，否則是不會來戲弄小姐的。若只是普通聊聊的話，他比隨便一個男人更會選話題逗小姐開心，所以我能放心交給他。」

羅半在莫名其妙的地方得到理解了。的確，對姚兒出手會惹上麻煩的親屬與更麻煩的丫鬟。他說什麼都不會犯下一夜風流之類的過錯。

可是，那傢伙能跟年輕姑娘好好說話嗎？

（怎麼覺得好像會講些奇怪的數字話題，把人家煩死。）

若真是這樣的話不好意思，也只能請姚兒盡力隨口附和了。

「對了，妳應該是有話想跟我說吧？」

燕燕做事仔細，說錯判分量只是藉口，八成是有話想跟貓貓說。而且還挑羅半在的時候說，可見得並不想讓姚兒聽見。

「與其說是我有話想說，不如說我是猜貓貓有話想問我。」

燕燕反過來問貓貓，不停地煎熟薄餅。貓貓把蔥裝盤，接著開始切蘿蔔。

「姚兒姑娘是否無論如何都想自力更生？她目前以醫官貼身女官為目標，但我總覺得這並非她的目的。」

貓貓想釐清這點。

假若正如貓貓的想像，她認為「華陀之書」還是別讓姚兒看到的好。

「假如我的養父即將傳授的內容不符燕燕的倫理思想，燕燕妳會怎麼做？」

燕燕把煎好的薄餅盛盤，仰望天花板。

「果然是那方面的書了？」

「我想應該是那方面的了。」

兩人說話都以互相心知肚明為前提。

「……我很感謝貓貓的顧慮，不過我會尊重小姐的意願。」

「但妳不是都會誘導她嗎？」

貓貓緊盯著燕燕瞧。燕燕又開始煎薄餅，只差沒說「我不知道妳在說什麼」。

「小姐這人非常倔強。無論我說什麼，她只要決定不放棄就不會放棄。當時她看到新官署張貼告示募集女官時，就說一定要考中，每天都坐在書案前面用功呢。」

燕燕用筷子俐落地替薄餅翻面。貓貓自認為算是擅長下廚，但比不上燕燕。

「她那時還說要贏過男人們，所以老實講，在應試時輸給貓貓似乎讓她太不甘心，才會表現出那種反常的態度。」

說的大概是絆倒貓貓之類的整人行為。其實說起來幾乎都是姚兒身邊的女官跟班們做的，貓貓並不在乎，也沒放在心上。

「那真是對不住了。」

貓貓也沒想過會考出那麼好的成績。老鴇的教育方法著實令人生畏。
「雖說原因出在她的叔父身上，但姚兒姑娘為何如此堅持要自食其力呢？」
無意間貓貓試著問了一下。她明白姚兒待在家裡，叔父會勸她嫁人，但總覺得好像還有其他理由。
「……原因出在姚兒小姐的母親身上。」
燕燕稍顯遲疑地道來。
「對姚兒小姐而言，她的母親已經死了。她總是說在老爺過世時，她娘也一起走了。」
「為什麼？」
貓貓也對母親這種存在幾乎沒有感情。可是，姚兒與貓貓的成長環境並不相同。
「妳應該猜得到老爺走後，無法獨立持家的夫人會怎麼做吧。」
「聽說是叔父繼承了宅子……」
「而夫人依然是夫人。」
老爺的妻子成了夫人。
姚兒的母親，應該是與叔父再婚了。雖然不是什麼稀奇事，但這麼做會讓做女兒的心情五味雜陳，有時甚至感到不齒。
而姚兒由此痛切明白到，女子沒有能力掙錢就沒有選擇。姚兒若是繼續對叔父事事順從，最後也有可能步上母親的後塵。

「是這樣啊。」

她明白為何燕燕不想讓姚兒聽見了。燕燕一定是預料到這種談話內容，才會選擇換個地方說話。

貓貓把切好的蘿蔔裝盤。

（大概就這樣了吧？）

她想趁涼掉之前趕快去吃飯。

回到房間，一如燕燕所說，羅半與姚兒正相談甚歡。

「燕燕女士的廚藝我是慕名已久，早就希望有幸一嚐了。說來厚臉皮，這次的事可說是來得正好。」

「燕燕的飯菜確實很美味，到哪裡都不丟臉，最重要的是還考慮到了飲食養生。」

（他是從哪裡聽說了燕燕的廚藝啊？）

貓貓的疑問隨即得到了解決。

「她哥哥的店肆那是座無虛席，又聽說妹妹的廚藝也不亞於哥哥。」

「是呀，滋味可美了。與廚房管事相比都不遜色。」

姚兒極其自然地對燕燕大加讚賞。

貓貓以前聽說，燕燕的哥哥受過姚兒相助。本來應該是在姚兒家中掌廚，後來似乎是獨立開店了。

（是因為家主換了嗎？）

假如燕燕的哥哥是被姚兒叔父解雇的，燕燕對叔父多有批評也就能夠理解。

「我有幸在她哥哥的酒樓吃過三次，哎呀，但今天吃到的也同樣美味。」

「三次嗎？您是哪個季節去的？他們的菜餚會跟著時令改變，對吧，燕燕？」

「是，應該是按月準備當季食材推出菜單。」

一聊起燕燕哥哥的話題，姚兒就很有興致。姚兒會給燕燕說話的機會，燕燕也就跟著加入話題。

還以為這小子只會亂講些算數的事，沒想到口才這麼好，讓貓貓覺得很沒意思。

貓貓只顧著享受家鴨皮的酥脆。肥美的鴨皮與配料的風味，全包在薄餅裡。拿它沾著甜中帶鹹的醬料吃，鴨肉愈嚼愈鮮香，與配料的口感、質樸的薄餅絕妙地融合，令人齒頰留香。

用一句話形容就是好吃。

「哎呀，真是美味。」

羅半也持相同意見。

羅半的好口才超乎想像，比較怕生的姚兒竟然能像是一見如故。反倒是聊得太起勁了，貓貓感覺燕燕好像有點不開心。

貓貓暫且專心大飽口福，沒有說話。轉眼間盤底已經朝天，肚子裡只剩下裝飯後涼點的空位。

「我去端涼點過來。」

燕燕端來了玻璃碗。裡面盛著甌柑剝皮並仔細去籽，用砂糖水快速煮過的涼點。酸味保留得恰到好處，正好解了家鴨肉的油膩。

「我吃飽了。」

那麼既然放下了筷子，該談正事了。

「羅半，你有沒有把書櫃的書拿去其他地方？」

「書櫃的書？」

羅半一面用湯匙舀起水果，一面偏著頭。

「我沒有。義父也不可能亂動叔公的東西，反而還讓佣人按時打掃房間呢。」

怪人軍師會這麼貼心可真稀罕。難怪這棟廂房看起來纖塵不染。

「妳是說書缺了一本嗎？如果真掉了，負責打掃的佣人就有嫌疑，但我覺得首先義父就不會雇用不正經的人。義父那人可是惹不起的。」

書很珍貴所以有時會遭竊，但是在怪人軍師府上工作的佣人辦得到嗎？

（很難。）

「是哪種書少了？」

「就是這本。」

燕燕拿出方才寫好的紙給他看。

「一—2—Ⅱ」。

寫的是失落書籍的編號。

「這分法很像叔公的作風。的確，用這種方式區分那上千本的藏書或許剛剛好。」

一聽到羅半也看得懂這數字，姚兒不高興地看向燕燕。只有姚兒看不懂這種數字。

燕燕可能是看出姚兒的心思了，重新拿張紙寫下數字。

「1、2、3、4、5、6、7、8、9」。

「Ⅰ、Ⅱ、Ⅲ、Ⅳ、Ⅴ、Ⅵ、Ⅶ、Ⅷ、Ⅸ」。

姚兒由於看不懂數字而心有不滿的表情稍有好轉。她看得很專注，大概是想全部記起來吧。

姚兒看著寫下「Ⅰ、Ⅱ、Ⅲ、Ⅳ、Ⅴ、Ⅵ、Ⅶ、Ⅷ、Ⅸ」的紙，做出反應。

「下一個數字是不是寫成『X』？」
姚兒用指尖在桌上寫給眾人看。
「答對了，真不愧是小姐。」
燕燕拍拍手。姚兒的表情顯得有些難為情。
「書櫃上擺得很整齊。」
至少在姚兒與燕燕到來時是如此——
「是，都擺滿了沒有空隙。從數字來看卻少了一本。」
燕燕補充解釋情況。
「是這樣啊。」
羅半盯著缺卷的數字。
「本來以為你這數字痴，一眼就能看出來了。」
貓貓有點酸溜溜地說了。
「很不巧，我不太常來這棟廂房，我太忙了。雖然我也覺得這房間很有意思。」
「那還悠悠哉哉跑來吃飯吃個什麼勁啊。」
真心話不禁脫口而出。
「貓貓，在姚兒小姐面前講話請別這麼粗魯。」

燕燕警告了一聲。貓貓這才發現自己因為是跟羅半講話就變得口無遮攔。
「既然寫著數字，應該是按照門類寫的吧？」
「是。第一卷與第二卷寫著基礎知識。第一卷是關於人體構造，第二卷是關於外科的處置方式。」
貓貓的專業是生藥，但從為人治療的觀點來想，這些知識她也想知道。
可是，書跑到哪裡去了？
無意間，貓貓看向羅半。
「說到這個，你好像說這棟廂房很有意思，那是什麼……怎麼說呢？」
她姑且糾正一下語尾措辭。
感覺羅半的意思似乎是除了書庫還有其他耐人尋味之處。
「喔，妳說那個啊？這棟廂房的牆壁與天花板不是有著華麗的花紋嗎？」
「的確是呢。」
姚兒看向天花板。書庫的天花板已經夠華麗了，而廳堂的天花板更是繪有各種動物。
「不光是天花板喔。」
羅半掀開鋪在地板上的地氈。這裡用木材複雜組合出了花紋。
「真精細呢。」

燕燕佩服地說。

「叔公待在這裡之前，原本是個奇怪的建築師住在這裡。廂房也是那人蓋的。聽說此人對奇怪的花紋有所講究，最喜歡做些機關玩意兒。」

「因為羅家先不論性情，怎麼說還是各類天才輩出的家族嘛。」

燕燕恍然大悟地點頭。

那個什麼建築家的大概也是家族成員吧。

「很不幸地，那人鼓足了勁說要做個新機關，誰知就這樣被關在裡頭，找到時已成了乾屍。大家才在說最近都沒看到那人，結果都乾掉了才重見天日。」

「……」

貓貓、姚兒與燕燕，三人的視線環顧房間一圈。

「放心吧，不是這棟廂房，是別第。那棟別第也早就賣了，沒有乾屍藏在哪個角落啦。」

眾人姑且放心了，但還是深切感覺到這個家真怪異。

「這棟廂房不會有什麼奇怪的機關吧？」

姚兒不安地看向羅半。

「叔公說過沒有會致人於死地的機關。我也不至於提供一個危險的房間讓兩位姑娘留宿。」

「那麼，這個牆壁還有天花板是否也有什麼含意？」

「這個嘛，有空的話妳們就查查看吧。」

「我們可沒太多閒工夫。」

貓貓想在怪人軍師回府前把問題解決掉。不曉得能不能設法在今天之內解決？

「還有沒有其他問題？書的事情我不知道，我會去問一下佣人。」

羅半一邊把眼鏡往上推一邊離席。

「我明天有點事，有什麼需求隨便找人吩咐就是了。只要跟任何佣人講一聲就能聯絡得上我。」

「明白了。」

燕燕冷淡地回答。

「謝謝招待，真是人間美味。姑娘辛苦了。用過的碗筷放著就好，我會叫佣人來收拾。」

貓貓本來還想幫忙收拾的，不需要的話她也樂得輕鬆。她想趕快回去找書。

五話　華陀之書　後篇

回到書庫，貓貓環顧整個書庫空間。

（這牆壁的花紋，好像在哪裡看過呢？）

雙色牆壁……彷彿殘留在記憶角落裡，但記不清楚。

到底是什麼？

姚兒與燕燕也沒看著書櫃，而是望著牆壁或天花板。

「假如相信貓貓的說法，那麼檢查書櫃也是白費力氣對吧。」

姚兒似乎把她跟貓貓談過的內容幫忙轉述給燕燕聽了。燕燕盯著牆壁瞧。

「……總覺得這牆壁，好像在哪裡看過呢。」

貓貓沉吟著說。這面牆的花紋與另外三面牆有些不同，只是幾乎都被書櫃形成的牆壁擋住了看不見。

「關於人體構造的書是吧。」

從遺漏的編號，可以推測這應該就是書的內容。

貓貓正在沉吟時，忽然傳來一陣巨響。她嚇了一跳轉頭去看，只見姚兒跌坐在地，有個書櫃倒了。

「姚兒小姐！」

燕燕臉色鐵青地跑向姚兒。姚兒似乎沒有受傷，拍拍灰塵站了起來。

「好像沒受傷。小姐這是怎麼了？竟然把書櫃弄倒。」

反正都是書，應該沒東西摔壞，但重量不輕。要把書櫃再扶起來恐怕會很吃力。

「是因為這個。」

姚兒拿出編號「一—2—I」的書。

「這書怎麼了？」

正是缺號書的前一本書。

「喏，妳們看最後一頁。」

姚兒翻開書。只見最後一頁的邊緣畫了個小圓形，圓形之中黑白各半。

「是太極圖嗎？」

太極圖，又稱太極魚，形如黑白雙魚互相糾合，是常用於占卜的圖案。此外，也可說和與醫術相關的五行有點關聯，但貓貓認為有其他更實用的知識，所以只學了點皮毛。

「為何要畫上這個？」

真是一頭霧水。

「太極圖的話……」

燕燕從書櫃上拿了書，走過來。

「這裡也有喔。」

上頭寫著「一—2—Ⅲ」。

「這本是畫在第一頁呢。」

「……」

貓貓把兩本書擺在一起。

「正好就是找不著這兩本之間的書對吧。」

「是呀，就是這樣。所以，我便想到了。」

姚兒充滿自信地敲敲房間的牆壁。

「不見的書應該就藏在這房間裡。」

「為什麼？」

貓貓要她解釋。至於燕燕則是睜大雙眼，拍了一下手。

「姚兒小姐果然聰明。」

也請燕燕不要因為大小姐可愛就稱讚個不停。到底是哪裡聰明了？

「這面牆壁，是代表了八卦吧。」
「對吧！」
「巴掛？」
貓貓偏著頭，思考文字組合。
（巴掛、芭瓜、拔刮、八卦……）
「八卦？」
記得應該是跟太極圖相關的什麼東西沒錯，但很不巧，這不在貓貓的專業範圍內。一講到沒興趣的範疇，貓貓的記憶力就會嚴重衰退。
難怪總覺得這圖案很眼熟。
（阿爹是跟我說過學起來不吃虧……）
但她覺得多記點生藥比較有實際益處，就撇到一邊了。別說皮毛，這方面她幾乎碰都沒碰過。
「就是八卦呀。喏，這個圖形不就是爻嗎？」
「搖？」
冒出的這個詞豈止不熟悉，連猜都猜不出是什麼意思。
「妳難道不知道嗎？」

姚兒驚訝之餘，卻也顯得有點高興。

「我覺得知道的人反而比較少吧？」

貓貓有點不高興起來。她自我反省，心想早知道就再多學一點了。

「妳知道這個圖形嗎？」

姚兒讓指尖在牆上滑過。牆壁分成偏白壁板與偏黑壁板，她只沿著黑色壁板滑過。相較於其他牆壁的木板是直的，只有她摸過的壁板是橫貼。

「八卦是由爻，也就是一條長線與兩條短線，每三個組合成一卦。這兩種線稱為陽與陰，又叫剛與柔。」

貓貓彎著手指數數。兩種爻以三條合成一個，總共就能組合出八種圖形。所以才叫做八卦。

「那麼，妳之所以弄倒書櫃——」

「是為了看清楚整面牆壁，也是為了……」

姚兒掀掉褪色的地氈，只見地板跟牆壁一樣，也呈現八卦圖形。

「書就在這房間裡的某處。」

貓貓反覆思量羅門說過的話。他只說是房間，沒說是書櫃。

「喜愛機關的建築師蓋的房子……」

這是羅半提供的消息。既然那人喜愛有趣的機關，房間裡很可能動過某種手腳。

然後是——

「太極圖加上八卦。」

這是貓貓不大感興趣的範疇。

阿爹說過，憑貓貓一個人解不開這個問題。

「說穿了，就是這麼回事啊。」

貓貓輕捶一下手心，恍然大悟。

「原來如此。」

燕燕似乎也懂了。

想到了這麼多，貓貓與燕燕接下來的動作就快了。兩人搬起書櫃想把它挪開。

「等一下！是我先發現的。」

「姚兒小姐您坐著就好。這很危險，而且需要力氣。」

（我倒覺得應該是姚兒力氣比較大。）

貓貓還算聰明，不會說出口。

就算兩人合力，要把整個書櫃搬開還是辦不到。她們把櫃子裡的書拿出來，清空了之後再一一搬到走廊上。

姚兒不服氣地把書從書櫃上拿下來。

書櫃都搬走了，整面牆壁就露了出來。光是看著牆壁都覺得頭暈，把地氈掀開後更是讓人開始眼花。

「就是這個了吧。」

往地板一看，只有中央是一塊白色木材，其餘八塊形成了八個圖形。跟天花板的圖畫一樣，分成了九等分。

「這是代表了先天圖。」

姚兒眼睛閃閃發亮。

又冒出貓貓不懂的詞彙了。本來想問又怕一直講不到重點，於是貓貓不懂裝懂，繼續說下去。

「我知道這是先天圖了。那麼書藏在哪兒？」

「……」

姚兒沒說話。看來是只知道這麼多了。

既然是羅門出的試題，一定有某些線索能夠導出答案。

貓貓看看畫著太極圖的兩本書。內容是關於人體構造，一本詳述的是手，另一本則是關於腳。

「……姚兒姑娘，八卦各自代表著什麼意義？」
「方位或動物，也有家族關係等含意。」
「其中是否包括了人體？」
「有！」
姚兒急忙看書。
「除了缺卷之外，『一—2』的編號共有八本。」
由於少了第二本，所以再來就剩下四到九。跟地板與天花板分格的數量相同。
「八本中的手與腳已經有了，所以剩下頭、口、目、股、耳、腹。」
「我拿來了。」
燕燕機靈地把剩下的六本拿了過來。翻開一看，就跟姚兒說的一樣。
「若是用太極圖來想，應該沒缺任何部位才對。」
然而編號卻漏了。難道指的不是人體部位？
貓貓站到房間中央沒配置任何八卦圖的位置，沒多想就抬頭往上看。
「上頭畫了很多動物呢。」
「看就知道了呀。有馬、狗、雉，好像還有像是龍的圖畫，不要緊嗎？」
「竟然敢用龍，真是目無法紀呢。」

擅自使用代表皇族的事物，有時會受罰。

「……應該說，天花板的畫也是八卦呢。」

姚兒瞇起眼睛。雖然經年劣化造成了褪色，但圖畫還看得清楚。

「姚兒姑娘，天花板中間有一匹馬，與兩頭羊。那代表什麼意思呢？」

馬畫在上方，羊在下方。

「馬為『乾』，在先天圖為南方，家族為父，人體為首，五行為金，數字為一。」

「數字？那羊是多少？」

「羊的話是二或八，先天圖的話就是二。」

「一跟兩個二……」

貓貓看看書。該說無巧不成書嗎？遺漏的編號正是「一─2─Ⅱ」。

（是這麼回事啊。）

書應該是羅門降低難度的方法。本來就算沒有書，只要知曉八卦就能解開此一試題。

反過來說，沒有八卦知識就完全無解了。

貓貓仰望天花板的頭轉回來，眼睛望向牆壁。牆上比地板更細密地排列著黑白雙色的木板。

「姚兒姑娘。」

「什麼事？」

「一跟二的八卦是哪個？」

姚兒走到地板上的另一處。

「一是這個，三條長線。二是最上面兩條短線，下兩條長線。」

也就是「☰」與「☱」。

貓貓把牆壁整個看過一遍。

「妳在做什麼？」

「在找有沒有一、二、二的排列組合。」

每個組合都很像，看得她眼睛都快發痛了，而且只要目光稍稍偏離，就會搞不清楚看到哪裡了。

「那麼，我從反方向開始看起吧。」

「那我就從旁支持兩位吧。我去準備茶水點心。」

燕燕溜了。貓貓很想追上去叫她不准跑，但眼睛一離開就會馬上搞不清楚看到哪裡。她很想在牆上做記號，又不便用筆劃記，只能不斷地看到眼睛發痛。

「……」

「……」

「……」

燕燕在泡茶。

有這麼多圖形，本來以為應該會有一、二、三的排列組合，結果沒找到。一、二的下面從來沒出現過三。

（差不多該找到了吧。）

才剛這麼想，就輕輕撞上了姚兒。

「找到沒？」

「沒有。」

「這怎麼回事？」

「會不會是看漏了？」

貓貓眨眨乾澀的眼睛看看牆壁。只得再檢查一遍了，但實在不想幹。

「要不要喝茶了？」

燕燕舉起茶具給她們看。

「要！」

「要喝！」

姚兒與貓貓的聲音重疊了。

房間裡的東西全搬到走廊上了，於是三人在地板上鋪墊子飲茶。

「好香喔～」

姚兒顯得心滿意足，但喝完後還得再重來一遍。要是再找不著，可能就是貓貓猜錯了。

「真可惜，有一、二，但下面的數字就是不對。」

「是啊，只有最後的數字不對。怎麼都沒有一個符合呢？」

貓貓同意姚兒說的話。

「對呀對呀，只不過是一條線不同，就變成別的數字了。比方說要是這裡的陽爻變成陰爻該有多好。」

陽爻是長線，陰爻是兩條短線。

「……陽爻變陰爻……」

貓貓看向地板上的八卦。

「☰」最上面的陽爻改成陰爻就是「☱」。

貓貓站起來，再次凝視牆壁。

（記得是在這附近……）

有個一、二、一的排列組合。

記得這種組合應該就這一個。

貓貓摸摸第三個——「☰」最上面的陽爻。

指尖產生極其輕微的異樣感。

貓貓用指尖用力按按看長線的正中央。

陽爻的中央部位被按了進去。

（陽爻變陰爻。）

匡啷一聲，一個東西從牆上冒了出來。是抽屜。

「不會吧？」

姚兒睜圓了眼。

「嚇了我一跳。」

燕燕目不轉睛地看著抽屜。

貓貓從抽屜裡取出一本書。

「一—2—Ⅱ」。

正是漏了的那本書，但比起其他書，裝訂得相當粗製濫造。書頁不工整且有厚有薄。

「是羊皮紙嗎？」

「摸起來像是呢。」

羊皮紙比一些粗糙的紙張更耐擺。

貓貓戰戰兢兢地翻頁。文字是以西方文具寫成，而非毛筆。內容幾乎都不是茘國字，多為西方文字的草書，只偶爾穿插像是注釋的茘語。

（是留學時期的東西。）

阿爹羅門年輕時曾去過西方留學。他那出類拔萃的醫療知識，都是留學學來的。

貓貓看得懂一點西方的隻字片語。儘管必須跳過一些不懂的單字，她慢慢地往下看——

——然後臉色鐵青。

一如預期的內容就在她眼前。

「貓貓……」

燕燕神情也顯得不安。

「怎麼了？上頭寫了什麼？」

只有姚兒看不懂西方語言，被兩人的反應弄得焦慮不安。

貓貓不敢翻到下一頁。

「欸，到底是怎麼了？」

姚兒伸手去碰書，替貓貓翻頁。

翻開的頁面，畫著貓貓與燕燕所憂心的事物。

「這是……什麼？」

是精密繪製的人體。如果只是這樣還好，但這幅畫將人皮剝除，鉅細靡遺地描繪了暴露在外的肌肉。

「……！」

姚兒一臉噁心地別開了目光。以天馬行空來說筆觸太過真實，必須有實物擺在眼前才能畫得出來。

貓貓緊張地翻到下一頁。

這一頁剖開了人的腹部，畫出裡頭的五臟六腑。

（阿爹曾活用從西方學得的技術，替皇太后剖腹。）

剖腹生產。本來只有在母子同時命危時，才會出此下策只救孩子。

然而，羅門讓母子都活了下來。

光靠知識絕對辦不到。

他恐怕剖開過許多人的腹部。

然後——

也恐怕切碎過許多軀體作為練習。

這就是阿爹讓貓貓遠離屍體的理由，勸她成為藥師而非醫師的理由。

（是這麼個原因啊。）

貓貓闔起歪扭的書本。

她不會否定羅門的作法。從事醫療自然得知悉人體構造，所以貓貓也用自己的身體做過多次實驗。

可是，一般人恐怕會是姚兒這種反應。

姚兒搗著嘴，眼神厭惡地看著歪扭的書本。

不知道在西方又是如何。只是對荔國的一般人而言，這本書的內容恐怕很難令人接受。

他們有著信仰方面的禁忌。這書的內容正是觸犯了禁忌。

貓貓放下書，看看書皮背面。

「ｗｉｔｃｈｃｒａｆｔ」。

背面寫著這行潦草的文字。

無論它是什麼意思，總之貓貓明白了羅門藏起這書的理由。

這本書一旦問世勢必被當成禁書燒毀，根本不該存在。

開出的條件是接受「華陀之書」。

所謂的接受，指的是倫理道德的意思。

這本書正可說是「華陀之書」。

六話　西行之約

「這書由我保管。」

燕燕把「華陀之書」仔細用布包好帶走了。

相較於貓貓與燕燕已經猜到了書的部分內容，姚兒是在不明就裡的情況下突然看到了內容。

造成的打擊似乎很強烈，讓她僵在原處好一會兒。

（但反應已經算是很成熟了。）

貓貓心想，換作是剛認識的時候一定會鬧得更凶。或許是約莫半年的醫官貼身女官差事，讓她變得能夠接受更多觀點。

她們請羅半聯絡羅門，請羅門翌日來一趟。只希望姚兒能在那之前整理好心情。

「我接下來還有事。」

貓貓雖掛心姚兒她們的狀況，但她還有一個躲不開的問題。

她隨著馬車顛簸，從怪人軍師府回到宿舍。

（雖然直接過去比較快。）

但貓貓不太想坐羅半準備的馬車直接前往壬氏的離宮。下了車後，接著有另一輛馬車過來。宿舍的大娘雖一臉詫異，但沒多問。也許酬金裡也包含了堵嘴錢吧。

貓貓換乘馬車抵達離宮，發現宮中瀰漫著令人厭膩的氣氛。

壬氏渾身散發只差沒發霉的陰沉氛圍，高順眉頭緊鎖，水蓮則喊著「哎呀呀」，神情顯得有些為難。只有名喚雀的黝黑侍女照樣活蹦亂跳，走動時發出啾啾聲響，給貓貓上了茶。

「此乃西方的發酵茶。此茶香氣馥郁，滴入一滴蒸餾酒能更添芬芳，只是嬤嬤吩咐我不得讓您飲酒。」

雀偷瞄一眼水蓮，向貓貓解釋道。貓貓寧可她們直接端蒸餾酒給她。

「……我是不是該問一下比較好？」

貓貓不太想問，但某人顯而易見地散播出黴菌孢子，容不得她不問。

「有勞妳了。」

高順壓迫感十足地逼近過來。

既然父親出面了，看來短期之內是輪不到兒子馬閃登場。

「是這樣的，總管可能又得前往西都了。」

「哦，是這樣啊。那真是辛苦了。」

壬氏的臉頓時鬧彆扭地皺了起來。高順在後面比個大叉暗示「不對不對」。不知為何連雀也一起蹦蹦跳跳地比著叉叉，好像玩得很開心。

「那位姑娘是誰？」

貓貓忍不住向水蓮詢問。

「是高順的乾女兒，這樣妳懂嗎？」

「乾女兒……您的意思是兒媳婦嗎？」

「不是跟馬閃。馬閃除了姊姊還有哥哥的。」

「原來如此。」

一跟水蓮講話，壬氏散發出來的黴菌孢子又增加了。貓貓只得轉向他，繼續聽他說。

「呃……這次又是為什麼呢？去年不是才去過嗎？」

「是玉鶯閣下的請求。說是玉袁閣下不在後他一樣把那兒治理得很好，希望孤去看看。」

「那可真是……」

（煩死人了。）

記得玉袁是玉葉后的父親，目前人在京城。若她沒記錯，如今治理西都的應該是玉葉后之兄玉鶯。

西都之行走陸路得花上超過半個月。再加上來回與滯留期間，恐怕至少得離開京城一個半月。

「恕小女子僭越，但這次是否可以由別人代勞，不須壬總管親自前往？」

高順與水蓮都在點頭，表示貓貓說得有理。只有雀邊搖頭邊跳舞。

（傷腦筋，來了個全身上下特質強烈的人物。）

本來氣氛應該更凝重的，都怪雀在視野邊緣做些怪動作，害她差點噴笑出來。不，搞不好雀根本就是故意的。而且還專從只有貓貓看得見的角度胡鬧，實在惡劣。

（擺明了想逗我笑吧。）

貓貓視線閃躲，盡可能不讓雀進入視野。

結果還是逃不過水蓮老嬤子的法眼，雀的後腦杓挨了一掌。高順這兒媳婦真夠怪的。水蓮代替雀道歉。

「……抱歉，孤要換個地方。」

壬氏似乎也感到掃興。

「是，小殿下。」

水蓮在隔壁房間準備飲料。

貓貓也想快快辦正事幫他療傷，這樣正合她意。

兩人換個房間，關起房門。沒了老嬤子與監護人，壬氏呼了口氣。

「可以繼續講剛才的事嗎？」

「請說。可否讓小女子同時為您看傷口？」

「做吧。」

貓貓從行囊中拿出藥與白布條。壬氏脫掉上衣，露出纏著白布條的下腹部。

雀害得她差點忘了原本的正題。是什麼來著？

「是玉鶯閣下親自通知，要孤前去一趟西都。當然，孤上回已經去過，本來以為可以拒絕──」

感謝壬氏用複習的方式講給她聽。貓貓一面解開白布條，一面傾聽。

「但玉葉后與皇上都要孤去，孤拒絕不了。」

「您說玉葉后，還有皇上……這是原本就預定好的嗎？」

貓貓開始流冷汗。外露的傷口還很紅。雖成功止血了，但色調仍然怵目驚心。

「……玉鶯閣下的信是昨夜送到的。玉袁閣下不在的期間，本來就已經決定派個人視察西都情形。」

「……」

看來早就是人選之一了。
壬氏若要前去西都，貓貓就非得跟去。貓貓一邊確認傷口有無化膿，一邊重新塗上藥膏。
（得快點讓阿爹教我外科技術才行。）
情況比貓貓所想的更火急。
（要是能知道怎麼移植皮膚就好了。）
壬氏正在試著束縛貓貓的自由，但貓貓可無意讓他為所欲為。
（記得好像有過成功的例子？）
貓貓回想起至今讀過的文獻。
過去從奴隸身上移植牙齒或皮膚的事例，聽到的全是失敗例子。不過以植皮來說，記得應該有過從本人身上其他部位移植成功的例證。
（以壬氏來說，得取自不顯眼的部位……）
那應該就是臀部了。貓貓不慌不忙地拉了拉壬氏的袴子。
「妳、妳做什麼！」
壬氏驚得扭動了身體。
（不能說我想偷看他屁股。）

「請總管恕罪，小女子得請您把袴子再往下拉一點，否則不好上藥。」
「……說一聲啊。妳都不會害臊的嗎？」
壬氏用難以言喻的表情看向貓貓。
「您又不是第一天認識我了。」
這數日以來，壬氏闖的大禍害得貓貓驚慌失措，但現在這才是貓貓的本性。一開始思考新的治療法，各種想法就飛到九霄雲外去了。
貓貓仔細上藥後，俐落地重新纏上白布條。
「請您一定要學會怎麼纏。我說這話是認真的。」
為防萬一，貓貓再教他一遍。
貓貓一離開身邊，壬氏便顯得有些寂寞地披上衣服。
「那麼，這就表示我也得隨您去西都了。」
「就是這樣了。」
前次旅途貓貓沒怎麼理會，但應該也有像樣的醫官跟著。
（好像有人，又好像沒有。）
在這種時候，貓貓的記憶力很不可靠。要是她有對人長相過目不忘的特長就好了。她想起一個具有此種特長的人物。

（好像叫陸孫。）

聽說怪人軍師的副手去了西都。也許在西都會再見到面。

「小女子明白了。大概會是多久時日？」

貓貓心想若是跟上回差不多，應該有法子可想。

「不知道。孤想最少需要三個月。」

「三個月……」

滿久的，而且還說是最少。

無意間，「左遷」二字閃過貓貓的腦海。都在國內兩位至尊至貴的面前捅出了天大的漏子了，自然不可能全身而退。

「……壬總管。」

「是啊，嗯。別說了，別說了。」

不知壬氏是知道貓貓想說什麼，還是想到別的地方去了。

就算他說別問，貓貓還是得問。不過她好心換成比較容易回答的問題。

「小女子有許多事情想問您，但請您先告訴我，您知道為何連玉葉娘娘都對此事有意見嗎？」

皇上的話可以理解，但為何連玉葉后都要壬氏去西都？那是她親族管轄的土地，而壬氏已經等於是向玉葉后效忠了。

「關於這事，孤不是十分明白，但心裡有底。」

壬氏有些難以啟齒。

「玉鶯閣下似乎將於近期之內，讓女兒入宮。」

「哦哦。」

貓貓一邊點頭，一邊又覺得不解。入宮就是要為皇帝增添嬪妃。既然是西都的權貴，皇上也不便拒絕。

（可是家族當中，不是已經有玉葉后成為正宮了？）

難道是想進一步加深裙帶關係以鞏固地盤？

「玉葉后對此事想必心情五味雜陳吧？雖不知國丈玉袁大人是如何想的。」

既然是哥哥的女兒，就是玉葉后的姪女了。儘管策略婚姻常會用到血緣相近之人，但當事人心裡絕不會痛快。

玉袁也是，自己的女兒已經有了安定的地位，怎麼連孫女也要分一杯羹？

（不，說不定根本不是親生女兒。）

總感覺玉葉后的娘家也不是上下一心。

「玉葉后是否反對姪女入宮？」

「……」

好像被貓貓猜中了。壬氏的表情道出了答案。

「是啊，皇后並不樂意。但又不能把哥哥送入後宮的女兒趕回去，也就只能退而求其次了。」

目前皇族男子人選有限。除去尚在襁褓中的兩位皇子，實質上僅有一人。

「恭喜壬總管天假良緣。」

貓貓一拍手，壬氏立刻一言不發地抓住貓貓的腦袋用力地壓迫。

「！！！」

貓貓學到禍從口出的道理，摸摸獲得解放的側頭部。

「想也知道行不通好嗎，都這種身體了！」

（那還不是你活該！）

貓貓覺得他很不講理，但很懂事所以沒說出口。

「……容小女子確認一下，除了壬總管之外還有合適的郎君能娶她嗎？」

「皇族的話，必須往上追溯數代才有人選。大多都是在廟裡誦經的遁世之人。除非哪個狼子野心的人去擁戴造反，否則就沒了。」

「找個家臣的話，對方應該是不會接受吧。」

不過，只要壬氏在那女兒前來的同時前往西都，就能把婚事拖延個數月。是對方自己叫壬氏過去的，想必沒得抱怨。

（可憐的是那個遠道前來京城的什麼女兒。）

貓貓雖然同情她，但幫不上什麼忙。更何況要是每次考慮到哪個女兒的幸福都得娶妻，壬氏身邊將會擠滿帶著賺人熱淚故事的可憐女兒。

（沒那多餘心思去想別人的事。）

貓貓還有其他事得做。

「大概會是什麼時候？」

「從現在算起兩個月後。」

（真趕。）

她得趕緊學會許多技術才行。

壬氏露出還有話想說的表情。

「總管還有吩咐嗎？」

「……一些細節尚未明瞭，日後再行聯絡。」

「是。」

貓貓收拾藥品與白布條。她問過下次該在幾日後來訪，就離開了離宮。

七話　禁忌

翌日，怪人軍師府的書庫皆已收拾乾淨。地氈重新鋪好，書櫃也擺回了原位。唯一的差別，就是褪色的地氈都換新了。

「是羅半大人吩咐佣人收拾的。」

「是這樣啊。」

貓貓聽燕燕這麼說，鬆了口氣。那天後來她立刻就回去了，本來正為了把收拾工作全丟給了兩人而感到過意不去。

「是啊，妳可得感謝我喔，小妹。」

貓貓一點都不想感謝的人大搖大擺地坐在椅子上。

「你在這兒幹什麼？」

「怎麼這樣說呢？義父不在時，妳哥哥我就是這兒的家主啊。」

「我懂了，你是吃飽了沒事幹。阿爹不是快來了嗎？」

「貓貓，講話太不莊重了。」

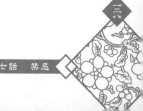

又被燕燕規勸了。姚兒早已姿勢端正地坐在椅子上等著。

接著就聽見叩叩的拄枴杖聲，羅門來了。羅門向提供協助的佣人道過謝，便走進了書庫裡來。

燕燕關上房門。窗戶也緊閉著，點燃事先備好的蠟燭作為燈火。滿室盡是蜂蜜的甜香。

（我是覺得在書庫用火不太好。）

她心想事情談完後得立刻弄熄，打開門窗換氣才行。

貓貓拉一把椅子到羅門背後。

「謝謝妳。」

羅門嘴上道謝，神情卻顯得為難。想必是因為桌上放了一本書。

「叔公，能否讓我也留下來？」

「羅半……你還是別這麼愛管閒事吧。」

「我明白，但我想掌握自己家裡發生的事。因為用一句不知道逃避責任不合我的性子。」

就某種意味來說，性情跟貓貓恰好相反。還是說他有自信能解決發生的問題？

「這千真萬確就是『華陀之書』嗎？」

姚兒站起身，把羊皮紙製成的厚厚一本書立起來。

「……正是，是我在留學時整理成的。」

姚兒的表情變得僵硬。

燕燕依然面無表情，羅半反倒是一副興味盎然的神情。

「那麼，這些畫也是羅門大人畫的嘍。」

姚兒翻開書頁，讓他看見畫得精細入微的人體解剖圖。

「正是。畫是我畫的，解剖也是我做的。」

「解剖」這個字眼，讓姚兒的臉部肌肉陣陣抽搐。沒有多少人能欣然接受人體解剖行為。損壞遺體不合倫理規範，受律法所禁止。

「……是罪人嗎？」

對於姚兒的詢問，羅門神色悲傷地搖頭。他從椅子上站起來，翻開書的最後一頁。該頁有著一幅女子解剖圖。女子似乎是異國人，頭髮捲曲，筆觸用色淡而柔和。分出的臟腑栩栩如生，面容卻如菩薩般慈祥。有好些地方墨水暈開，比起其他頁面有著更明顯的髒汙。

「西方國家比我國更先進，有許多值得效法之處。但國內發生的事並非全都符合正義。也有不少無辜之人遭到處刑。」

羅門的眼神以緬懷過往來說，顯得太過悲傷。

「人們指稱她為女巫。為了判斷她是不是女巫，人們綑綁她繫上重物，將她推入水中。」

貓貓打了個哆嗦。

羅門不太常談留學時期的回憶。即使提起，也就是作為曾經有過的病症或受傷的事例罷了。

「沉在水底沒浮起來就不是女巫，浮起來活了就是女巫，得受火刑。人們最後判斷她不是女巫，但她再也沒能活過來。」

姚兒臉色鐵青，手在發抖。像是覺得非聽不可，但又猶豫著想摀起耳朵不聽。

燕燕代她向羅門提問。

「女巫是罪人嗎？」

「女巫不是罪人，只是有著不同思想。她們是異教徒，是醫者。也有些流浪民族被視為女巫。就從這點而論，我當時也可算是男巫。」

羅門闔起書，手指滑過背面的「witchcraft」文字。

「我知道她為何被指控為女巫。正是她教我西方的醫術，也是她本人要我在她死後解剖她。她為了醫術，連自己的命都可以不要……」

羅門的聲音微微顫抖。

「可以說多虧有她，我才能在皇太后臨盆之際，成功完成手術。」

皇太后年紀尚幼就懷了皇帝，因此不剖腹就不可能分娩。
姚兒用發抖的手用力拍打桌子。
「豈有此理！那麼羅門大人是對學醫的師傅見死不救了嗎！」
空氣震得嗡嗡作響。
羅門不予否認。燕燕也仍然沒說話。
「……！別……」
「我認為叔公的抉擇沒做錯。」
貓貓還來不及說話，羅半先插嘴了。
「首先前提就已經沒得選擇了。我猜逃走也會被當成女巫，把人救走也會被當成女巫吧？救她的人也是個浪跡天涯的留學生，當然也會被認定為男巫。叔公年輕時就算尚未去勢，一個男子又能有什麼辦法？難道他有能夠以一擋百的體魄嗎？姑娘認為他能活像連環畫的主角那樣瀟灑救出被捉的大戶千金，懲治一群惡徒，最終成為一段美談嗎？不，答案是溺死屍體變成兩具。」
「可、可是……」
姚兒也明白這個道理，可是心情無法追隨。
貓貓想再次翻開方才的頁面，但羅門的手還擱在上頭，翻不了。

「沒錯，我當時無能為力。她為了救人什麼都做過。曾經女扮男裝溜進醫師聚會，也參加過罪人的解剖。她救人無數，但也有救不了的性命。她是個一心只為救人，為此什麼都願意做的人。在被當成女巫捉拿的前一日，也被人請去行醫，說是替附近村鎮受傷的孩子療傷。然後她的治療方式就被視為異端，遭到群眾指稱為女巫。其實是被懷疑行巫術之人，為了證明自己不是巫師，而拿別人做了替死鬼。」

乍聽之下像是文不對題，但貓貓聽懂了羅門的意思。

羅門想說的是兩件事。

一個是解剖雖為異端，但能藉此救起一些性命。

另一個是行異端之人，必將遭受迫害。

（阿爹所說的「華陀之書」雖是異端，但並非邪法。可是，人們總認定異端為惡。）

羅門要她們接受「華陀之書」，就是在問她們認同此種異端行為的同時，自己是否也願為異端。

茘國女子地位低下。非但不能成為醫官，只要膽敢做出像解剖這種行為，難以想像會有何種下場。

羅門不只顧慮到貓貓，也在為姚兒與燕燕她們今後的人生著想。

燕燕的表情難以言喻。她說過會順從姚兒的意願，但貓貓覺得她看起來，像是聽了羅門的這一席話而使她心旌搖惑。
姚兒的心情似乎也搖擺不定。
至於貓貓因為不能回頭，意志早已堅定不搖。
「好，我有問題想請教叔公。」
羅半舉手發言讓場面中斷。真想立刻把這捲毛眼鏡轟出去。
「您從留學國家回來，就是被這個解剖害的？」
「對，正是。我挖出了埋在墳墓裡的她進行了解剖，正要埋回去的時候被發現，差點被殺。若非有同樣前去留學的朋儔相助，我早已陳屍河底了。多虧我那朋友偷了馬帶著我奔赴與茘國有緣的洋商家中，才能逃過一劫。」
羅門有時會做出些膽大包天的事來。
「您說的朋儔，莫非是劉醫官？」
燕燕開口說了。
「真是給劉兄添了不少麻煩。」
（劉醫官！）
由此可一窺劉醫官的勞心焦思。貓貓重新體會到那醫官之所以嚴格待她，是因為與羅門有關。

「容我再問一個問題。茘國律法應該只允許劊子手進行解剖。但羅門大人此話聽起來，像是劉醫官也有過解剖的經驗。」

貓貓感覺燕燕在詢問時有斟酌用詞。她覺得燕燕其實已猜到八成，這麼問只是在做確認。

「今後的事我不便多說。只是，難道一個人只要長於女紅，就能在初次動手時縫好人的皮膚嗎？能夠像切魚那樣切好人的肌肉嗎？」

答案是否。

燕燕大概是覺得問了個傻問題，不再說話。

「……」

眾人一時沉默，隨後被羅半打斷。

「我反倒認為是醫官就該做過解剖吧？叔公的經驗在皇太后臨盆時派上了用場，就是個眼前的例子。況且今後皇族還是有可能患上重病，或是身受重傷。」

貓貓很想說「你少說兩句」，但她也想聽到問題的答案，於是保持沉默。

（皇族身受重傷……）

同時貓貓也想起了不願想起但有待解決的問題。

羅門又是一臉為難。

「……讓我再講件很久以前的事情。」

貓貓早已習慣了羅門每次講話拐彎抹角，她點點頭。

「昔日曾經有個喚作『華陀』的醫官。當然不是傳說中的『華陀』，而是另一個真實存在、醫術舉世無雙的醫官。據說是由於醫術蓋世，又是天子的遠親而得此名。」

羅門稱此書為「華陀之書」或許也是來自這個典故。

「這個『華陀』怎麼了呢？」

「據說『華陀』為了讓醫學獲得發展而率先從事解剖行為。由於身為皇族遠親，他將身分特權全用到了醫療上。不只是罪人，還蒐集了一些死於特殊疾病的遺體進行解剖。他相信自己的力量，相信自己做的是對的。」

然而——

「只是，其中也包括了當時天子當成心頭肉的寶貝皇子。皇子罹患不明怪病，年紀還小就夭逝了。」

基本上，在場的都是些舉一反三的人。從姚兒的神情也能看出她已經知道後來發生了什麼事。

皇族的遺體按規定，應該在陵廟中保存一年。這個「華陀」偷走，甚至支解了遺體，可以想見天子之怒必定如髮踊衝冠。

「『華陀』連皇族身分都遭到廢除，處以死刑。本名也不得留於後世，連傳說中的醫師都被命令改稱『元化』。『華陀』的著作全數燒毀，並禁止醫官的解剖行為。考慮到當時天子的心情，想必沒有人敢直言極諫吧。」

當時應該連說出「華陀」此名都是個禁忌。

「雖然只是一名從歷史上消失的醫官，卻像這樣在醫官之間口耳相傳。他的豐功偉業仍然幫助了無數患者。可是，他不是神也不是仙，不過是個凡人罷了。」

羅門是在讚揚無法留名青史的醫官偉業，同時也引以為戒。

「這樣做不曾導致醫術衰落嗎？」

貓貓用有禮的口吻提問以免挨燕燕罵。

「當然有了，所以先帝的兄弟才會因病亡故。一些搬弄是非者說是太皇太后派人行刺，但留下的紀錄顯示實際是死於肺癆。」

肺癆，也就是肺結核。貓貓之前只聽說是時疫，聽到此話吃了一驚。此種疾病容易致人於死，但先帝的兄弟居然全數病逝，醫治得也太慢了。

（是疏於隔離最早染病的病人，還是誤診為風寒……）

本以為先帝未曾染病是血統問題，看來與其他皇子分開居住可能才是主因。她聽說過先帝之母——也就是一般所說的女皇本是下級嬪妃。

「求學之路一旦懈怠就會步步落後。我之所以前往西方留學，正是因為太皇太后憂心於醫官的醫術日漸衰落。」

（女皇一定是不想讓兒子病倒吧。）

「可是，儘管太皇太后熱愛改革，唯獨『華陀』一事終究未能公然改變解剖的相關律法……想必是能體會做爹娘的，孩子遭人輕視的心情吧。」

「公然」二字讓貓貓恍然大悟。醫官們為了磨練醫術，直到今日一定仍在背地裡偷偷進行解剖。

「是不是可以就此打住了？」

羅門偏著頭做確認。

「……」

姚兒沒回話。

「是。」

燕燕似乎還在煩惱，回得有氣無力。

「明白了。」

貓貓回得堅定。她還有些細節想問，但覺得羅門不會再告訴她更多。

「哦——是這麼回事啊。」

羅半終究只是局外人，直到最後都一副事不關己的態度。

「假如下不了決定，就把剛才的話全忘了吧。這樣才能過上最安穩的日子。」

羅門不忘留下退路。之所以願意說出這些，想必也是信任姚兒與燕燕，順便加上個羅半都不會洩密。

「那我回去了。羅半，有馬車嗎？」

「我這就去準備。」

羅門拿起書小心地抱在懷裡。

「這書不能再放在這兒了。」

羅門拄著拐杖走出書庫。貓貓從懷裡拿出手絹，遞給羅門。

「把這麼好一本書拿在手上走，你不怕被搶啊。」

她小聲地說以免被燕燕聽到。

「也是，我會小心。謝謝妳啦。」

貓貓目送羅門叩叩拄杖離去的背影。本來要送他去坐馬車的，貓貓看羅半要帶路就留了下來。現在她比較擔心書庫裡的兩人。

（肚子好餓喔。）

太陽移動到了頗高的位置。燕燕沒有要去做飯的樣子，不得已只好貓貓來做了。

「兩位姑娘，飯菜已經做好了。」

主屋的廚房在做饅頭，貓貓要了一點過來。她另做了些肉餡捏了包子，味道還不錯。

本來單吃包子也行，但因為另外看到了有趣的食材，於是貓貓再做了一道菜。

貓貓把包子與前所未見的一道菜，放在顯得食欲缺缺的兩人面前。

「這是什麼？」

姚兒做出了反應。

「就稱為拔絲紅薯吧。」

換言之就是甘藷淋糖水。貓貓把甘藷連皮切塊用油炸過，淋上了大量的糖漿。

「他們這大戶似乎常吃甘藷呢。都是當主食一樣的吃，嚇了我一跳。」

「聽說有親戚是種薯芋的。」

正確來說是羅半的親爹。

「我正覺得最近這陣子常在市集上看到，會不會是羅半大人讓它流通的？」

「哦，拔絲啊。」

姚兒用筷子夾起甘藷，看著甘藷拉糖絲的模樣取樂。看來心情有稍微好轉了些。

「再不吃就涼了，還是快吃吧？」

貓貓從蒸籠裡拿出包子，大咬一口。
「姚兒小姐請用。」
燕燕拿溼手絹給姚兒。姚兒把手擦乾淨後，拿起了包子。
「是很好吃，但好像少了哪種味道。」
「請別跟燕燕燒的菜做比較。」
「以外行人來說已經很好了，姚兒小姐。」
燕燕也給了句有點沒禮貌的話。
（好吧，是外行人沒錯。）
本以為開飯了就會有話聊，但後來都沒人繼續聊，只是默默吃飯。
看起來燕燕對剛才那一席話受到的打擊，比姚兒更大。
（假如大小姐說願意做解剖，事情不知會如何發展。）
照燕燕的性情，一定會以姚兒為優先。目前還會把所有靠近的男人一個個擊退以免小姐碰上壞胚子，但總有一天會考慮姚兒的婚事。
（應該吧。）
假若有朝一日，出現了一個能滿足燕燕眼光的如意郎君，姚兒可能會誠實地說出自己的營生。也許有的男子能理解女子的自力更生，卻沒幾個人能理解解剖的必要性。

（更何況根本就不能把醫官的祕密隨便說出去。）
再者，又不知道這醫官貼身女官的差事能做多久。也有不少新成立的官署數年後就沒有下文了。
（真是前景黯淡。）
貓貓雖然處境也差不多，但貓貓是貓貓。她比較強悍，只要有藥材與病人就能設法餬口。
三人正一起咬包子時，房門開了。
「竟然拋下我自己用飯，太奸詐了吧。」
捲毛眼鏡回來了。羅半一副理所當然的態度坐到空椅子上，抓起剩下的包子。
「唔，少了點味道。」
「要你囉嗦。」
這兒每個人對吃都很挑剔。
甘藷倒是似乎很受好評，沒人挑剔。只是吃了好像會口渴，燕燕去泡了茶來。
「羅半大人有何看法？」
燕燕在放下茶壺的同時，詢問了羅半。
「對什麼的看法？」

「關於羅門大人說過的話。更進一步而論，大人對於與醫官接受同樣教育的女子有何觀感？」

「姑娘比較想聽一般觀點，還是我個人的見解？」

「若是可以，兩者都願能一聽。」

羅半看著天花板想了想。

「關於解剖，我認為有其必要。不求進步——停滯不前就如同河川淤塞。水流也必須常保通暢，否則是會發臭的。」

表達的是相當肯定的意見。

「可是，現在公開行事恐有引發迫害之虞。人們都排斥異端與少數。想平穩度日的話，醫官貼身女官這種莫名其妙的官職還是早早辭掉的好。」

「怎麼連羅半大人都說這種話！叫女子快快回去持家！」

姚兒橫眉豎眼站起來。桌子一陣晃動，貓貓急忙按住茶杯。

「還以為您是不重男輕女，懂得識才尊賢的人呢！」

「姚兒小姐……」

燕燕試著婉勸姚兒，不過羅半仍然神色自若。

「對，女子要營生比男子困難。可是，男子無法生子，至多只能養子。」

（那是當然的了。）

男女身體構造有別，扮演的角色也不同。

「男女基本上並不能從事同樣的營生。但我知道也有許多女性才華出眾。」

「那麼，您叫我們回去持家又是什麼意思！」

「還請姑娘把我的話聽完。我應該有說過前提是『想平穩度日的話』。男女想平等營生是不可能的。男子與女子在營生上，女子總是得承受營生以外的更多負擔。拖著腳鐐想步上同樣的道路，得要有更優越的賢才與體力，或是能提供支持、補足的某些事物。要有這些特出之處，才終於能得到與男子平起平坐的地位。」

「正是如此。」

「那妳應該很明白才對。為了從事醫官這種連男子都覺得艱難的差事，女子需要相應的實力與信念。換言之，如果妳們的想法會被我的意見左右，那還是快快辭了吧。」

羅半平素對女子態度親切，但該說的話還是會說。

姚兒與燕燕都僵住了。

「我也贊成女子能與男子從事同樣的工作。可是，並不是世上自力更生的所有女子都很能幹，對吧？當今世局本來就已經不適合女子自力更生。男子之中有不成材的傢伙，女子之中也有才能平庸之人。即使是同類仍有高低之分，更不可能在一開始就套著枷鎖的狀態下讓所有人圓融地各司其職。假如妳們覺得這對自己來說很難、做不下去，我認為妳們應該另尋生計才合乎道理，這樣想有錯嗎？」

貓貓也很想點頭同意羅半的說法，但在姚兒面前決定不做反應。

「再說，姚兒姑娘的說法聽起來，像是出外營生才是正確之道，管理家務毫無意義呢。我想這才是看輕了某些人喔。有時一些為國效力的高官會在酒席上取笑妻子無用，但經常就是那種人被妻子掌握得死死的。官僚階級愈高，就愈需要品格，穿著難看邋遢的男子絕不可能升官。啊，雖然還是有例外啦。愈是沒有特殊才華的男子，愈是得讓夫人幫忙打理儀容抬高身價。恐怕姑娘才是在蔑視只能持家，無法出外營生的女子吧？」

例外是誰就別說出來了。

姚兒嘴裡咕噥著好像想說些什麼，但啞口無言。

「我娘是祖父替我爹選來的媳婦，她那可真的是一身驕氣。這宅子裡剩餘的一些雅致什器，都是我母親揮霍之下的結果。從這棟宅子被趕出去時，她那人最難過的就是不能繼續在京城過奢華日子。乍看之下她好像一無是處，眼光卻很好。變賣家當時也幾乎跟買進來的價錢沒兩樣，有些甚至還增值呢。當時的我要是能再聰明點，也許能為母親準備一條退居鄉野以外的路。我想我那娘親與其嫁作羅家這些木頭人的妻子，不如經商或是成為商人之妻一定更有成就。只是即使喜歡賞玩交易品，我那趾高氣昂的母親絕不會願意成為商賈，也一定會拒絕成為商人之妻就是了。」

羅半滔滔不絕地說。但沒什麼話讓貓貓聽了想罵人。

「羅半大人究竟想說什麼？」

燕燕問道。

「哈哈，扯得太遠了。我呢，只是不希望優秀的人才固執己見，選擇不合自己的道路。那樣太不符效率了，缺乏美感。兩位姑娘都是才女，無論是到外頭當差或是成為賢內助，必定都能得心應手。當然能否有一番成就則另當別論。只是，假如妳們想努力達成真正的心願，我只能說效率或什麼都擺第二，光是這份志氣就很美了。」

結果說到底，羅半似乎只是以他個人的美學意識判斷美醜價值罷了。

羅半把茶飲盡後，神情滿意地起身離席。

「那麼，小生先行失陪了。」

羅半一面擦眼鏡，一面快步離去。

貓貓撐著腮幫子，漫不經心地望著那背影。沒有人罵貓貓坐沒坐相，燕燕低垂著頭。相較之下，姚兒則是正對前方，向羅半微微致意。

（原來如此啊。）

貓貓感覺好像知道羅半是在問誰了。

（真雞婆。）

無論姚兒與燕燕會如何答覆羅門，貓貓心意已決。她認為大家各自想走什麼樣的道路，兩人都沒有介入的權利。

貓貓撿起沒人碰的最後一塊甘藷放進嘴裡，喝乾了剩下的茶。

八話　祕密講堂

貓貓每天在煙花巷看著左膳，又到壬氏那兒出診，就這樣把假期耗光了。

她寫了封信給羅門，說她仍未改變想學醫術的心志。只是還沒收到回信，假期就結束了。

一踏進久違的尚藥局，就看到堆積如山的待洗物件。沒有什麼事情比收假後看到一堆差事放著沒做更讓人不高興。

「快收拾乾淨。」

劉醫官講得若無其事，但冬天的洗濯差事冷得要命。手都會凍僵。

貓貓很想瞪他，但她已經得知羅門過去給人家惹了一堆麻煩，不好意思再說什麼。

「明白了。」

貓貓只能乖乖動手做事。累積了這麼多待洗物件，就表示貓貓她們休假時醫官仍在當差。

「來——洗——吧——」

待洗物件幾乎都是需要消毒的白布條。首先她們將白布條分成比較乾淨的，以及被血或體液弄髒的。

髒得太嚴重的就丟掉，髒汙處較少者可以剪斷使用。

基本上，白布條是用舊了就得丟掉的消耗品。沾上血跡的能不用就不用。人的血液有時會成為疾病感染源。

「這什麼啊……」

姚兒用指尖拈起那東西給她們看，看來是某人的白袍。可能是替重症患者做過治療，上頭沾了血。好像已經消毒過了，帶有一點酒精味。

「把醫官服放到這兒來會讓我們很困擾的。是誰的東西？」

燕燕看看衣服的內裡。大家穿的都是同一種衣服，所以裡側應該有繡上名字。

「……」

燕燕蹙起了眉頭。貓貓探頭一看，只見上頭繡著「天祐」。此人是個見習醫官，輕薄浪子一個。這男的好幾次想約燕燕出去，但每次都不被理會。

（隨手就丟掉了。）

燕燕若無其事地繼續把白布條分類。

兩人之前聽了羅門的話困惑不已，但可能是中間放過假的關係，貓貓看她們像是已經恢復常態了。

（只是不知道做了什麼回覆。）

貓貓也還沒收到羅門的覆信，兩人應該也是一樣。

「燕燕，也不差這一件，就幫他洗了吧？」

「姚兒小姐，奴婢認為縱然對方是醫官，也不該加以縱容。這是規定。」

這兒規定醫官服都得自己洗。

「可是我們在放假時，人家還繼續當差呢。」

燕燕罕見地露出心有不服的表情。看來她很不滿意姚兒對天祐這般顧慮。

「血漬要怎麼去除呀？」

見燕燕遲遲不作反應，貓貓代替她上前。

「請借我一下。」

貓貓看看滲出血跡的部分。可能是時日久了，血跡變成了暗紅色。雖不知道弄不弄得掉，總之先裝桶冷水泡著。

「怎麼辦？要用灰嗎？」

洗滌衣物時，有時會用灰去汙。大小姐做了好幾個月的洗滌差事，也學起來了。不過，現在需要的不是灰。

「我去拿一下材料。」

貓貓回到藥房，翻找生藥的庫存。

「妳在找什麼？」

待在房裡的劉醫官問她。

「我想用蘿蔔去漬。」

記得用來止咳的蘿蔔應該還有剩。蘿蔔不只是一種蔬菜，也是種有用的生藥。

「去漬？喔，要弄掉血漬啊。」

劉醫官恍然大悟。果然厲害，一聽到蘿蔔就懂了。

「既然要用，就順便把這也洗了吧。」

劉醫官多給了她一大疊染血的醫官服。不是一件兩件，恐怕有個五、六件。

「……」

「不服氣嗎？」

「不，不敢。」

這個惡醫官就愛有點壞心眼地說話。年輕時這副端正凜然的五官一定很受女子愛慕，但上了年紀後就只是個壞心眼的老頭子。

但貓貓已經聽說羅門昔日受過他的照顧，所以這點小事不忍忍不行。

「是動過了什麼大規模的手術嗎？」
「算是吧。」
劉醫官寫著日誌，回得曖昧。
但動個手術竟然弄髒這麼多衣服，想必是場興師動眾或是規模極大的手術。
（應該有戴上圍裙吧。）
血量不算多，但各處的汗漬令她在意，再加上……
（有股臭味。）
不知是不是因為洗衣鋪冬天歇業的關係，總之拜託別把衣服放著不洗。
貓貓把醫官服放進洗衣籃裡，然後用磨泥板把蘿蔔先磨成泥。
「要用就整根用掉，剩了反而難處理。」
「……明白了。就是要我把汙漬全去掉是吧。」
上司的命令只能乖乖聽從，但貓貓有些後悔，早知如此就拿著蘿蔔直接走人了。
看到貓貓多拿了一堆東西回來，姚兒面露苦笑。
（真過意不去。）
貓貓把白袍弄溼，在髒汙處底下鋪塊布。然後用棉布包著一團蘿蔔泥輕輕敲打。
「這樣就能去漬？」

姚兒探頭過來看。
「是。蘿蔔裡含有分解血液的成分。除了血液之外，也可清理尿床或蛋汁。」
「哦，是這樣呀。」
貓貓檢查一下鋪在底下的布，示範給大感佩服的姚兒看。沾在白袍上的血已經溶解，移到了底下的布上。只是血液擺久凝固的部分能去除多少就說不準了。
「學會了就請來幫忙吧。剛磨好的最有效，我想早點弄完。」
「喔，好。」
燕燕也來加入她們，三人一起用蘿蔔泥輕輕敲打白袍。
「我弄完了。」
「那麼，接著立刻用水洗。否則留下蘿蔔汁的汙漬就本末倒置了。」
「好。」
姚兒是個一有吩咐便能立刻做好的姑娘。一旦接受得了對方的意見，基本上是個直率的姑娘，但同時只要心有疑慮就不會繼續前進。
三人洗完衣服正在晾白布條與白袍時，一名年輕醫官經過旁邊。是見習醫官天祐。
「不好意思，你的白袍混在這裡頭了。」
貓貓對天祐出聲說道。燕燕排擠天祐，讓姚兒跟他說話又會讓事情更麻煩，只剩貓貓一個人能跟他說話。

「啊——嗯。抱歉，幫我洗一下吧。」

講話是很輕佻沒錯，但沒平時那麼有精神。

「醫官找你去幫忙動手術了？」

「啊，嗯，算是吧。」

講話口氣有點曖昧。

貓貓感到其中有些蹊蹺。

染血的白袍，加上一臉疲倦的天祐。

「看你似乎很累，但以後不會幫你洗了。晾在那兒的乾了就拿去吧。」

「好啦。」

天祐幹勁缺缺地回答後就走掉了，不知是要去哪兒。

「真是不像樣！」

姚兒氣呼呼地收好用過的桶子。白袍晾好就行了，但白布條還得煮沸消毒。

白袍基於衛生考量最好也能煮過，但白袍不是消耗品，煮沸會損壞布料。用火熨斗大概是最恰當的方法，但貓貓不想做那麼多。

不得已，乾了之後就鋪在藥房的床鋪底下吧。

洗了一堆東西累煞人了，她很想休息一下。
「做飯的時候要不要順便烤些甘藷？」
「甘藷！」
姚兒她們回宿舍時，羅半似乎送給了她們很多甘藷。宿舍裡擺了一大堆，也拿了一些來藥房分給大家。
（好像是豐收呢。）
甘藷的收穫量比米多，但據說較不易保存。
貓貓做拔絲紅薯時使用的糖漿，是用甘藷熬成的。飯廳裡的佣人跟她說正在思考各種加工方式，像是熬成糖漿，或是磨成葛粉那樣的粉末。
（其實用烤的最簡單也很好吃。）
想到要吃甘藷就覺得有點精神了。姚兒的眼睛閃閃發亮。
「貓貓，不等妳嘍。」
「這就來了。」
貓貓扛起弄溼的白布條，跟在姚兒與燕燕的後頭。
把白布條煮沸消毒完畢時，太陽已經西斜了。

「什麼都沒空做。」

一方面也是因為太多東西要洗，但主要是烤甘藷花了太多工夫。因為看到三人在吃，其他醫官也紛紛跑來要。

（好想調點藥喔。）

她想趁還在藥房時做點藥。

話雖如此，天色一暗女官們就會被趕回住處了。白布條差不多乾了也得移進房內，否則要是下霜就白洗了。

貓貓看看晾在晾曬場角落的白袍，發現少了一件。應該是有人只把自己的衣服拿去了。

（就不能把大家的都拿去嗎？）

貓貓檢查一下白袍的內裡。本來是想確認一下哪些人的還掛著……

「……」

她看到了劉醫官的白袍。這沒什麼好奇怪的，但看到其他醫官服的名字讓她很是不解。

（不是說是手術嗎？）

大規模的手術需要有眾多醫官在場。但其中怎會只有劉醫官一名老資歷醫官？

其他白袍的名字，若貓貓記得沒錯，全都是見習醫官。

「難不成是——」

該不會是醫官做了解剖吧？見習醫官已漸漸熟悉了差事內容，是時候進入下個階段了。若是如此，那也得讓貓貓參加才行。

（不曉得阿爹幫我跟劉醫官說了沒有。）

貓貓一面心懷不安，一面拿著白袍回尚藥局。

尚藥局裡只有天祐一人。正在好奇他在做什麼，原來是在用火熨斗燙收進來的白袍。

（就只燙自己那件啊。）

貓貓注意著不要把話罵出口。

「我把白袍擱在這兒。」

「好——知道了——」

天祐一臉懶洋洋地用火熨斗燙衣服。看起來一副不想做的樣子，但衣服皺了會惹怒劉醫官，大概是覺得在家中準備火熨斗又很麻煩，就趁現在燙一燙吧。

可能是顧著專心做事，他看都沒看貓貓一眼，最重要的是大概根本沒那興趣看貓貓。

貓貓並不介意，把白袍先放在劉醫官的桌子旁邊。雖然還有點溼氣，但無可奈何。

（嗯？）

醫官的桌子上，放著早上寫過的日誌。貓貓拿起來隨手翻頁。這東西看了不打緊，只不過——

貓貓看了這幾日以來的紀錄。

（沒有紀錄。）

假設劉醫官的話可信，這幾日應該動過手術。既然是多名醫官共同參與的大規模手術，日誌上好歹也該提一下才是。

「一切如常」。

只寫了短短如此一句。

（果然在蓄意隱瞞。）

貓貓看向天祐。

「天祐兄，手術還辛苦嗎？」

「……可辛苦了。那個真的不好受。」

他慢了一拍才回答。難以判斷是因為正在做事，還是心情困惑導致反應較慢。

「是什麼樣的手術？」

貓貓一面摺起白袍一面問了。

「不管是哪種手術都沒幾個人愛做。」

他表現出模稜兩可的反應。

（被封口了？）

天祐對燕燕的態度讓他像是個輕薄而不識相的傻子，但這人最起碼聰明到能通過醫官考試。而且此人的口才比其他見習醫官好，隨便都能講個藉口糊弄過去。

（是不是找錯人說話了？）

貓貓一面後悔至少也該讓燕燕來問話，一面輕輕拍打摺好的白袍。

（找其他見習醫官問問看吧。）

貓貓邊看著外頭開始變暗的天色邊走出尚藥局，準備把白布條也收進來。

醫官們已經瞞著旁人開始觸碰禁忌。

貓貓雖有所確信，但過了數日仍未能找出醫官們的祕密。貓貓想跟見習醫官攀談，但又不能主動問：「各位是否在做解剖？」況且多數醫官都不像天祐這般輕薄，大多性格內斂。

再加上眾人都在傳貓貓只要跟任何人說話，怪人軍師就會緊盯不放，害得她不能跟別人單獨談話。

（是否該拜託姚兒她們？）

不，在弄清楚姚兒她們如何回覆羅門之前，這事做不得。羅門跟她們說過若是沒有意願，就把這事忘了。

只有日子無情地一天天過去。

（不曉得何時得去西都。）

壬氏說過是兩個月以後。

心裡急死了。

話是這麼說，但也不能疏於處理日常差事。今日姚兒她們負責洗濯，貓貓負責顧著藥房。

（怪了？）

藥房有塊地方空蕩蕩的。那兒原本是供一名見習醫官使用的儲物處，以前放著一些藥碾子或經籍之類，如今卻收得乾乾淨淨。

「是做過大掃除嗎？」

「那小子轉遷了。」

劉醫官回答她。

「是研習期間結束了嗎？」

「差不多吧。」

劉醫官正在記帳。

鄰近軍府的藥房，其實對醫官而言是炙手可熱的當差部門。傷患愈多愈能讓醫官磨練本事。

見習醫官們首先，會被分配到這個炙手可熱的部門。結束了數個月的研習期間後，就轉遷到其他官署。愈有能力者，愈容易被安排到繁忙的當差部門。

附帶一提，阿爹羅門之所以未被安排到軍府的尚藥局，是因為怪人軍師會賴著不走。

（我也好想被轉遷啊。）

自從貓貓被分配到尚藥局以來，單片眼鏡老傢伙幾乎天天賴著不走，但上回可能是要跟壬氏下圍棋的關係，變得不常來讓她很高興。圍棋下完之後好像還是繁事纏身，都沒來了。不管是什麼原因都讓她很高興。

（謝天謝地。）

這種時候就該有點感恩的心。

打掃結束了。短缺的藥膏調好了，床鋪的褥子也換好了。

「現在沒事做了，可否准我使用爐灶？」

「妳想煎什麼藥嗎？」

「我想把酒熬濃，提煉出酒精。」

她想把壬氏要用的分量準備好。

劉醫官一臉傻眼。

「以前羅門也這麼說過、做過……」

劉醫官表情苦澀地述說悲慘的過去。

「但那傢伙去茅廁時，有個傢伙抽著菸斗進房間……」

「哇啊，怎麼有人這麼笨啊。」

照常理來想，當然是大爆炸。貓貓不禁脫口而出，卻讓劉醫官不高興了。

「不是，那得怪羅門什麼都沒提醒啊！」

看他急成這樣就知道抽菸斗的是誰了。貓貓是識相的人所以好心保持沉默。

順便提一下，現在藥房內有張貼禁止吸菸的告示。

劉醫官跟阿爹是老交情了，貓貓很高興有時能聽到這些回憶。她不禁期待哪天也能聽到在西方的經歷。

（索性直接跟劉醫官說——）

貓貓如此心想，但隨便開口恐怕會適得其反。她決定再看看情形。

「勸妳還是別用爐灶了，搞不好會有哪個偷懶不做事的傢伙抽著菸斗靠近。這樣吧，妳到隔壁房間去用火盆好了。」

「那樣火力太弱了。」

「用不了那麼多吧。反正我看妳只是太閒了想找消遣。」

（被說中了。）

這人直覺著實敏銳。不愧是跟羅門一同有過留學經驗的人物。
「搞不好還想著偷喝一杯酒不會穿幫咧。」
直覺怎麼能靈成這樣？
貓貓搬著較大的火盆、像是茶壺上生了根管子的蒸餾器與消毒用的酒，又裝了一桶冷水過來。
「啊！對了對了，這妳也拿去吧。」
他把一大堆東西放下來，有剪刀、包藥紙與調合好的藥粉。
「總共一百份，妳就包一包吧。」
「……明白了。」
大概是要她邊煮邊包吧。看來基本上是不會讓她偷閒。
貓貓替火盆添木炭，把蒸餾器放上去。這跟貓貓之前在翡翠宮用現有材料拼湊的蒸餾器不同，是好東西。上下各有一個鍋子連著倒過來的茶壺嘴，把酒倒進下面的鍋子，放在爐火上讓酒蒸發，蒸氣就會在上面冷卻，從壺嘴流出經過蒸餾的酒精。
（要是宿舍裡也有一個該有多好。）
由於形狀太過特殊，製作起來很花錢。現在使用的這個是陶器，但就算是金屬想必也很貴。

（等舊了要替換，不知道能不能給我？）

貓貓一面作美好的想像，一面用包藥紙包藥。這個季節染上風寒的官員總是比較多，所以要開藥給他們。藥跟吃的一樣，不趕快用掉就會腐壞，不過一定很快就開完了。

貓貓勤快地包藥時，隔壁房間似乎有人來了。她心想也許是傷患，正想回劉醫官待著的房間時……

「妳繼續幹活。」

劉醫官站在房門前不讓貓貓過去。

「是客人，但不用奉茶。妳別準備了。」

（是不速之客嗎？）

難道來了個連上茶都嫌浪費的人？

貓貓雖感到不可思議，但仍聽話回去包她的藥……才怪。

（如果是怪人軍師就討厭了。）

她悄悄把耳朵貼在門上。

『請別提出此種強人所難的要求。您要我多找一個能做事的醫官？』

劉醫官這樣講話已經算是很尊重對方了。也就是說，對方應該是個身分更高之人……

（會是誰啊？）

但貓貓的疑問即刻得到了答案。

『我知道這是強人所難，但還是得請你幫忙。這邊還需要兩人。』

隔著一塊門板都能聽出那美妙嗓音。儘管不再像後宮時期那般甜美，卻具備了某種吸引他人的特質。

（從天女變成天仙了啊。）

不用說，正是壬氏的聲音。

『我已經照您的吩咐在鍛鍊見習醫官們了，但恐怕只有一半能成氣候。有體力但缺乏技術，有技術但缺乏心志。心志與技術都需要時日培植。』

（心技體？成為醫官的必備條件嗎？）

『不能以實際操作的方式讓他們學會嗎？』

『哈哈哈，您說實際操作嗎？您不能設身處地想想被拿來試驗的患者心情嗎？醫術講的雖是懸壺濟世，但也不是神仙。有時也會失敗，遭到患者或死者家屬的辱罵。心志不夠堅定之人，恐怕很快就會一蹶不振了。』

壬氏想要醫官，但劉醫官以人手不足為由不肯放人。他在等年輕人磨練出本事，但這種事急不得。

（是那個嗎？在找前往西都的人員嗎？）

結果事情似乎仍是以壬氏為中心進行。大人物真是不容易。

『心志堅定者的話似乎有一個。』

壬氏在揶揄某人。

搞不好增加醫官人員只是藉口，其實是在催促劉醫官帶上貓貓。

（真要說起來，劉醫官也有在給皇族看診。）

今後要是壬氏沒叫他去，可能會引起他的疑心。這個醫官直覺太敏銳，不能不提防。

『要挑選的話，臣以為最好是身無牽掛之人。若是有個沒來由地保護過度的爹娘，會讓事情變得麻煩。況且臣以為不是誰都喜歡前往遙遠外地。』

話中有話。應該說講的根本就是某某人。人家說的就是她。

看來的確是前往西都的人員無誤。

需要增加醫官除了是想把貓貓安插進人員中，想必也是因為此番規模將會大於上一回。

（畢竟上一回幾乎是微服出巡。）

貓貓那時也是不明就裡地就被帶去了。雖然儘管如此一樣是勞師動眾，但從壬氏的皇族身分來想可以說人數極少。

再加上地點也特殊。西都的地理位置容易引起是非。

該地西鄰砂歐，北接北亞連。茘國與北亞連之間有條大山脈，要翻越那據悉有數里之高的群嶺幾乎是不可能的事，來自北方的多數大軍都會自西北山脈的開口出現——女官考試有考到這個問題。

換言之北亞連如果要來，就會從西都的北方來。

（多虧老鴉的教育，我還記得。）

不准人熬夜一晚就上考場可不是說說而已。

貓貓一心顧著偷聽，使得她沒能及時注意到蒸餾器已經燒乾了，開始冒出不正常的煙。

貓貓抽抽鼻子，戰戰兢兢地回頭一看，被冒出的煙嚇了一跳。她急忙潑水澆熄火盆。

雖然處理得十分迅速，但隔壁房間的人不可能沒聽到這麼大的水聲。

「妳在做什麼？」

果不其然，傻眼地說話的人是壬氏。

貓貓尷尬地拿著手巾，擦乾潑出來的水。

「呃……我在顧火盆，不小心打了瞌睡。」

「哦！但我怎麼看妳臉頰上有門板印子？」

聽到劉醫官此言，貓貓驚得按住右臉頰。

「……」

「……」

偷聽的事早就露餡了。

貓貓目光閃躲，但劉醫官死盯著她不放。劉醫官抓住貓貓的腦袋，直接用力勒緊。

（痛痛痛痛！）

貓貓按住腦袋蹲下去。

老實說，貓貓認為是因為被聽見不要緊才會讓她留在隔壁房間，但看來偷聽還是不對。

壬氏強忍著一副快爆笑出來的表情，身旁跟著馬閃與另外兩名像是侍衛的武官。外表好看有時候也真辛苦。

壬氏似乎終於笑夠了，用一副十足認真的態度清清嗓子。

「劉醫官，可否問個問題？」

「殿下請說。」

「你說見習醫官有一半成器，那麼新設的醫官貼身女官呢？」

「……殿下此話何意？女官終究只是女官啊。」

「但我聽說見習醫官與醫官貼身女官的差事內容幾乎是一樣的。換言之，只要心技體齊備，升為醫官也並無不可吧？」

旁人用一種大吃一驚的表情注視壬氏。

（女官成為醫官……）

這本來是不可能的事。當然，劉醫官不會把皇弟所言照單全收。壬氏究竟是憑什麼認為女官能成為醫官？可是現在追問這種問題只會對貓貓更不利。

貓貓與壬氏相處至今，已經漸漸摸透了他的想法。當然也有些地方摸不透，但她知道壬氏接下來想說什麼。

貓貓現在該做的事，是什麼？

「這兒就有一名醫官貼身女官，殿下覺得呢？」

「哦，她的心志夠堅強嗎？」

壬氏對貓貓咧嘴一笑。不是微笑，是一種促狹的笑臉。

（這個混帳！）

他以為是誰捅出的漏子，讓貓貓在替他擦屁股？

（信不信我真的扒了你的屁股皮？）

她忍住不咒罵出聲。

「這個叫貓貓的只是死皮賴臉罷了。更何況還是個女子，不可能當得了醫官。」

劉醫官堅持拒絕。

（是這樣沒錯啦。）

貓貓也並非想成為醫官。只是迫於所需，需要醫官的技術罷了。

（我畢竟還是個開藥舖的。）

羅門將貓貓培育成了一名藥師。作為拯救更多人的手段，她想要醫官的技術，但藥師終究才是她的本分。

不過，她還有身為藥師的傲氣。

「劉醫官不是說過，小女子的調藥本事比隨便一個見習醫官更好嗎？」

妳在說什麼啊。她感覺得到劉醫官的此種強烈視線。

貓貓對於想找藉口卻又不能開口的現況感到焦慮，但只能設法度過這一關了。

「事已至此，不是醫官也行。只要是與醫官擁有同等技術之人，無論是村鎮大夫或是**開藥舖的**都行，我特別批准。所以，能否再準備個至少兩人？」

壬氏話中有話。給人的感覺與後宮時期多次給貓貓找麻煩的時候很像。

他帶來的大多是麻煩事，但同時也含有滿足貓貓好奇心的內容。這是千載難逢的機會，只要此刻能說服劉醫官，貓貓想必又有機會獲得新知識了。

舒服的酥麻感、令人不適的冷汗、心跳次數的上升同時來臨。

貓貓握緊拳頭。

劉醫官盯著貓貓瞧。表情只差沒說：「快拒絕。」

（恕難從命。）

貓貓在壬氏跟前單膝跪下。
「這兒就有一名開藥舖的，總管意下如何？」
壬氏的嘴角微妙地上揚了。
「她是這麼說的，你覺得呢，劉醫官？」
「……」
劉醫官瞪著貓貓。在評估做事能力上，她本以為劉醫官對見習或醫佐都一視同仁，看來貓貓的女子身分可能還是成了問題。
「但藥師就是藥師，有些問題靠生藥知識恐怕應付不來。」
「這是你這上級醫官該解決的問題。你得設法讓她學會技術。」
從貓貓的位置看不到，但可以想見劉醫官此時一定是一副咬牙的表情。
「那就有勞你多費心了。」
壬氏揚長而去。
馬閃始終安分，只是有些歉疚地看著劉醫官。
「……」
壬氏離去後，劉醫官盯著貓貓瞧。
貓貓只能面露僵硬的苦笑。

「……一次就好，腦袋過來一下。」

「是……」

貓貓挨了個重重的拳頭。痛死了，跟老鴇的拳頭有得比。

「這樣就行了，放妳一馬吧。啊——羅門那混帳，塞了這麼個大麻煩精給我！」

劉醫官有些煩躁地坐到椅子上，拿出菸斗。

看樣子果然聽羅門說過了。

（難道說他原本打算裝傻？）

就某種意味來說，壬氏來這一趟著實算她幸運。

劉醫官橫眉瞪眼，把煙吐掉。

「在這兒能抽菸嗎？」

貓貓指指張貼的告示。

「就破例這一次！拿出點度量來，別斤斤計較的。好啦，快去收拾隔壁房間。」

（哎喲，拿人出氣。）

話雖如此，再多嘴就要惹禍了。貓貓前去隔壁房間，一看到泡水的火盆與壞掉的蒸餾器就頭痛起來。

蒸餾器讓貓貓賠了半年的薪俸。

九話　告發

壬氏在別第收到了書信。

不是木簡也不是紙，是用繩子捆起的羊皮紙，並以蜜蠟封起。各地傳遞書信的文化各有不同，而這是常見於西方的形式。

「這是西都寄來的信。」

高順做了不必要的解釋。

「是玉鶯閣下寄來的吧。紙在他們那邊應該已經普及了才是。」

即使在製紙木材較少的西方，應該還是比羊皮紙便宜才是。

壬氏看看蜜蠟的印章。這印章他最近看慣了，跟壬氏側腹部的烙紋很像。

壬氏扯扯繩子。他想拆信，卻覺得有點難撕開。繩子的材質有點脆弱，感覺一扯就要斷了。

「高順，有剪刀嗎？」

「請。」

壬氏拆開信件，然後嘆一口氣。換成馬閃的話早就急著問內容了，但高順絕不會這麼做。只看壬氏願不願意開口。

「要看嗎？」

壬氏故意晃晃羊皮紙，但高順搖搖頭。

「寫的是什麼內容？」

「關於讓女兒進入後宮一事，看來一如所料，將會在我們離開後入宮。這樣三番兩次地聯絡做確認還真煩人。」

難道對方還把壬氏當成了後宮總管？

「然而實際上在您回國之前，入宮的事必須暫緩。」

儘管對遠道前來的千金過意不去，但可能只得讓她在某棟別第等等了。只要玉葉后拒絕，她就進不得後宮。

至於勢必將會提出的次等要求——皇弟娘娘的寶座，壬氏自然無意娶她。

壬氏出了一身冷汗，心想真是千鈞一髮。要不是在側腹部燙了個烙印，皇帝恐怕已經要他安分娶妻了。

「……」

壬氏用指尖敲了敲太陽穴。

他再次確定事情有一個不合理之處。

玉葉后知道壬氏的烙印。此一祕密對皇后而言既是武器，也是雙刃劍。絕不能讓外人知道壬氏肚子上有皇后的印記。雖是當著皇后與皇上的面做的，但看在外人眼裡只會覺得是通姦的證據。而且還會被誤解為一種怪誕淫行。

即使是玉葉后的姪女，令其成為壬氏的妻室也太過危險。

站在玉葉后的立場想，寬大為懷讓姪女進入後宮，帶來的弊害較少。就算侍過幾次寢，皇后事到如今心胸想必也不會那般狹窄，對皇上醋勁大發。

那麼可能是對那姪女本身有些芥蒂了？

「高順，玉葉后與玉鶯閣下以及其女，關係親密嗎？」

「這個問題，竊以為水蓮嬤嬤知道得更清楚。」

壬氏看向初入老境的侍女。

「並不親密。玉鶯大人在玉葉后仍在西都時並沒有過女兒，因此這女兒與皇后應該不曾打過照面。」

水蓮將配茶的煎餅放在壬氏面前。不是壬氏愛吃，想必是為了即將前來的貓貓準備的。貓貓在離宮時不會碰點心，但壬氏知道讓她帶回去吃能讓她開心。

「……叫孤去西都是吧。」

怎麼聽都像是想把壬氏趕走。壬氏在皇后進入後宮時就與她認識，知道她有些地方不好惹。

「雖然我寧願相信她本性善良……」

壬氏自言自語。這也要看善良的定義是什麼，只能當成她有她的考量。

只是壬氏基於立場，也不能全面信任她。

壬氏的視線，再度落在書信上。

印章是真貨，但文章應是請人代筆。文筆寫得誇大其辭，內容卻只寫到一些要確認的事宜，讓壬氏白緊張了一頓。不過還是得收藏在信匣裡，他把信拿給高順。剪斷的繩子本來想直接扔進字紙簍——

這時壬氏發現，繩子是用紙捻成的。難怪感覺有些脆弱。

信紙是羊皮紙，捆信的卻是紙繩，總覺得不太相襯。

壬氏心有疑惑地觀察紙繩，試著將它揉鬆看看。紙繩是用一張長長的紙摺疊後仔細搓捻而成。

打開一看，上頭寫著成串的數字。

「月君……」

高順已不再用壬氏這個稱呼，不會再呼喚這個名號了。

「看樣子，西都是得好好調查一下了。」

雖不知是什麼的數字，總之有種可疑的味道。印章是真貨，看不出偽造的痕跡。至少書信應該是真的。不知是偷偷換掉了繩子，抑或是有人能代替玉鶯蓋印。總不可能是玉鶯自己藏的吧。

「究竟為何要這麼做？……會是密告嗎？」

「以密告來說似乎有那麼點拐彎抹角，但也可能是沒有其他方法。」

高順說話留有餘地。

對方這招用意微妙，也許能讓收信者發現，也許不能。假若壬氏沒發現，那人打算怎麼辦？或者也有可能已經送來過好幾次，這次是壬氏頭一回發現。

「至於這些數字，孤一點也看不出端倪。找個對數字較有見識的人問問好了。」

他知道一個適任過頭的人選。

高順皺起眉頭。雖是看慣了的動作，但這次皺紋很深。

「你想到什麼問題了嗎？」

「沒有，只是想起以前也發生過類似的情形。」

「以前？」

高順看向羊皮紙。

「十七年前，戌字一族被滅正是起因自一個密告。」

戌字一族，是在玉袁功成名就之前管轄西都的一大家族。西都之地過去被稱為戌西州，然而作為名稱典故的戌字一族後來遭到女皇——太皇太后滅族。此事以該族涉嫌謀反了結，只是壬氏當時虛歲四歲，不可能記得。

「戌字一族的族誅，與後宮政策被並列為女皇的兩大暴政。」

女皇就是太皇太后。她並未真正即帝位，只是作為宰相代替先帝執政而有此稱呼。

「太皇太后陛下雖以女兒身積極參政，但並非昏庸無道。」

「孤明白昏庸無道的是誰。」

先帝——壬氏之父對政事不感興趣。在壬氏的記憶中，父皇總是病得站都站不穩，偶爾還會兩眼無神地來到宮中。晚年則是始終躲在屋裡，以丹青自娛。

女皇從政手段強硬，但多為德政。她致力於任賢使能，但同時也受到重視血統的眾高官排斥。

女皇做事乍看之下像是徒勞無益，但總有它的意義在。族誅一事或許也跟擴大後宮一樣有著某種理由。

聽聞戌字一族由於密謀造反而被滅。但從沒人具體告訴壬氏謀反的細節，連密告一事都是這回才初次耳聞。

「戌字一族謀反的計畫是什麼？」
講到族誅，子字一族之事記憶猶新。壬氏回想起那事，摸摸右頰的傷痕。
「這若是人盡皆知的事，月君應該也會知情。」
高順講話拐彎抹角。換言之，就是那家族連想怎樣謀反都不知道，就被誅盡殺絕了？
「這於情於理說得通嗎？」
「說不通。」
高順意外乾脆地回答了壬氏的問題。壬氏覺得這問題問得太殘酷了。高順當年已是壬氏的監護人，不再過問政事。
「只能說太皇太后陛下也是有血有肉的人。畢竟先皇就是在那段時期失常的。」
壬氏只記得精神失常的先帝。
「殿下應該還想問個明白，但小貓就快來了。」
「你還這樣叫她？」
壬氏瞇起眼睛。
「現在忽然改變稱呼，小貓會起疑的。」
說得有理，但總覺得不甘心。
「那你怎麼不叫厤美小美？」

麻美是高順之女，壬氏是明知她對父親態度強硬還故意這麼說。

高順一臉疲倦。

「以前是這麼叫她的，但現在被禁止了，請殿下恕罪。」

「禁止？是你在外頭這樣叫她，惹她生氣了？」

「不，是微臣不小心把另一人叫成了大美。」

「大美……」

高順之女名為麻美，妻子名為桃美。事情聽起來本來沒什麼大不了，但高順懼內，妻子又比他年長。

「你們差幾歲？」

「六歲。」

高順豎起六根手指給他看。

丈夫年長的夫妻司空見慣，反之則很少見。就算高順沒有惡意，很容易就能想像當時的情況變得有多尷尬。

「嗯，孤明白了。麻美就繼續叫麻美吧。」

「謝殿下。」

高順深深低頭致謝。

壬氏把信收進了帶鎖的抽屜。

走廊上傳來鈴鐺聲。那兒有機關，客人一來鈴鐺就會響。

「貓兒來了。」

貓貓每隔幾天就會來看他的傷。上回在藥房才剛談過那事，這回可能要聽她一頓抱怨了。

壬氏決定把在意的問題延後處理。他臉頰微帶笑意，等著那腳步聲逐漸靠近。

十話　實技訓練

最初準備的是雞。還有點微溫，沒有徹底僵直。只有胸部與腹部拔掉羽毛，也沒放血，用磨得鋒利的小刀一刺就濺出血來。

「把臟腑完完整整地拿出來，一點傷痕都不能留。晚點要煮來吃的，小心點處理。」

（不把血放乾淨，吃起來會很腥耶。）

故意不放血，想必是以提升技術為優先。

除了貓貓之外還有五、六人參與。貓貓確認過認識的面孔，全都是見習醫官。人家叫她一起跟去採買藥材，把她帶到了一戶養雞人家裡的一個地方。此地離京城有點路程。

首先得捉住放養的雞，因此穿著醫官服是做不來的。眾人換上農作服般的骯髒衣服，戴上皮圍裙，才開始幹活。在外頭捉住雞隻勒死之後，就拿到破木屋裡開解。

誰會知道這是一群宮中的菁英醫官？

「沒叫你們切活雞就算不錯了，要懂得感恩啊。」

劉醫官好像還有點取樂的意味。他高高在上地做完指示後，就跟養雞農家談起了買賣，查看雞內金與雞肝等取自雞隻的生藥。

貓貓自認為比其他見習醫官更擅長捉雞殺雞。然而最先捉到雞的卻是見習醫官天祐，讓她總覺得有些不甘心。

「你老家是農家嗎？」

不甘心到忍不住這樣問。

「不是，只是這研習已經是第三次了，不習慣也難。但話說回來，感覺真不舒服啊。」

不出所料，貓貓發現染血的醫官服時，他們已經在接受這種實技研習了。

「先別說這了，我說咪咪啊。」

貓貓眉毛一揚。這稱呼聽了很刺耳，但貓貓以前提醒過一次，結果對方反而叫得更起勁。

雖然很讓人不爽，總之她決定不再回嘴。

「妳是怎麼巴結劉醫官的？」

天祐兩眼閃閃發亮。實際上應該在二十五歲上下，眼神卻像十歲上下的死小鬼。

明明平常對貓貓全然不感興趣，都只找燕燕說話。

（大概是愛講閒話吧。）

他也跟燕燕說過各種傳聞，貓貓原本就覺得這人消息靈通，看來好奇心也很強。卻沒把醫官的實技訓練洩漏給貓貓知道，看樣子沒像庸醫那樣多嘴。

貓貓沒打算告訴他，就算說了也得不到多少情報。

「與其聊這些閒話，手邊的事情做得如何了？別把膽囊弄破了。」

雞的膽囊弄破會讓膽汁灑出來，害肉變難吃。況且動物的膽囊可以入藥，隨便弄破恐怕要吃劉醫官的拳頭。

天祐雖是個愛亂說話又好像一無是處的男人，但手倒似乎挺巧的，靈活地切開了滑不溜丟的雞皮。

「一邊做要一邊想著每個臟腑等於人的哪個部分。」

當然人體與雞身構造不同。

這個想必只是一開始的入門學問。

連一隻到處逃跑的雞都捉不住，不可能治療得了亂打亂鬧的活人。

沒有膽量勒死活雞，不可能對人動刀。

手沒巧到能把勒死的雞切塊，更不可能支解人體。

儘管是入門中的入門，但也有見習醫官從初步階段就開始手足無措。

「雞的下一個是什麼？」

貓貓刻意假設眾人已經進入下個階段，試著問道。

「豬。比較大所以是三人一隻。宰牛時就是五人。到了宰豬與牛的時候，人數就會大減。熟悉了之後會叫我們穿著醫官服弄，不能讓血噴到身上。然後才要進入下個階段……」

「你是說你還沒到那階段？」

「到了，但他要我重頭來過，說是態度不夠嚴肅。」

「我懂。」

貓貓不禁點頭。

天祐神色看起來比其他見習醫官輕鬆，所以貓貓才不禁向他攀談。應該說除了被要求重頭來過的天祐之外，其他人光是看到雞血就臉色鐵青了。

「只是被要求重頭來過還算好的了。要是被認定不適合，就別想升官了。」

（不適合是吧。）

連解剖都做不來的醫官，大概會被遷調至其他部門吧。可以說作為醫官的前途已經斷了。

「畢竟靠見習醫官的工錢，沒辦法讓小燕燕過上好日子嘛。」

（燕燕有得煩了。）

看來這男的真的很纏人，似乎還沒死心。

把雞切塊導致四下滿是血腥味。有個見習醫官忍受不了，用手巾摀住口鼻處理，卻被回來的劉醫官扯掉了。

「治療病人時用布罩住口鼻是對的，但現在得先拿掉。」

見習醫官布罩被拿掉，臉色一片發青。然後噁心想吐，跑到小屋外頭去了。

「啊——第幾次了啊。我看一定會被認定不適合啦。」

天祐講得徹頭徹尾事不關己。

貓貓把臟腑整齊擺在盤子裡。心臟、肝、腸、胃……

（腸子容易腐壞但很好吃呢。現在的話還可以吃。）

只是雞腸很細，要費點工夫才能洗乾淨。

（雞胗最好能做成串燒，再撒一撮鹽。）

要是有好好放血的話一定很美味。

（膽囊沒破，很好。）

膽汁一灑出來就全白費了。

她輕輕地把臟腑一一放到托盤裡。就在全部放好時，劉醫官過來看看。

「好，那麼再把它們放回去縫好。」

「咦？」

那豈不是枉費了她按照料理方式分開擺好？

「我看得出來妳滿腦子只有吃，但可別一直抱著這種心態。患者都要被妳看成肉了。」

「小女子保證那種事絕不會發生。」

看來貓貓的想法都被猜透了。

她把臟腑再歸回原位。尤其是放膽囊時格外小心，沒把它碰破。

「知道怎麼用嗎？」

劉醫官把一件仔細用布包好、像是釣針的物品與線隨手拋到貓貓眼前。

「是，大概知道。」

線好像是絲線，有種獨特的平滑光澤。她將線穿入釣針針孔，用手指捏著縫合起來。

（縫合這件事倒是有做過。）

平時用的都是直針，但釣針形比想像中更好用。等習慣之後一定會更順手。

（做官營的可以用上很好的用具呢。）

貓貓邊縫邊覺得佩服。若要挑個小毛病，就是拿著的地方太短不好抓。要是有個能把它夾緊的用具，縫起來會更簡單。

（用鑷子夾不住吧。真希望有個夾起來更穩的用具。）

她一面希望有人能發明一些新用具，一面把事情做完了。

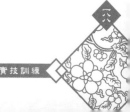

往旁一看，天祐早已一副辦完差事的神情，讓她很不甘心。
「來，給我看看。」
劉醫官看看雞的縫合處。
「……哼，剩下就隨妳高興吧。要做藥材的部分我會收集起來，其他部分都給妳。」
劉醫官一臉無趣地離去。看樣子是及格了。
「針要洗乾淨啊，晚點要煮沸。那很貴的，別搞丟了。」
形狀也好，粗細度也好，都必須是本領高超的工匠才做得出來。她本想偷偷帶回家，聞言便死了這條心。
貓貓剪斷縫上去的線，準備把臟腑全拆散了洗乾淨。
就在從雞進入解剖豬、牛的階段時，貓貓收到了一份包裹。
「謝謝。」
貓貓從宿舍大娘手裡接過包裹。差事做到了很晚，晚飯已經吃過了。大娘可能是特地等著她回來拿包裹。
大娘笑得有點邪門。正在想著是誰送來的，一看，寄送人的名字是高順。
（大娘絕對是誤會了。）

用的是高順的名字，但想也知道寄送人是誰。除了壬氏沒別人了。雖然也可以用馬閃的名字，大概是怕穿幫了可能會惹來麻煩，就拿高順來用。

貓貓每隔數日，就會去壬氏的別第一趟。年底年初的假期結束後，她本來在煩惱著該如何騙過姚兒她們，沒想到意外地順利。

「貓貓，妳可別以為贏過我了喔！」

姚兒堅決地向她宣戰了。看來貓貓前往壬氏那兒，也被她錯當成了醫官的實技訓練。

（一半猜對，一半猜錯。）

感謝她自己誤會，不用貓貓來騙。

照姚兒的樣子看來，她可能也決心要走上荊棘之路了。

貓貓一面看著高順的署名，一面想起他的兒子。

（在別第都沒看到馬閃呢。）

大概是讓他遠離了壬氏的私生活，免得那個魯莽行事又直心眼兒，像頭山豬似的武官不慎察覺上司的異狀。

（不過在公務上好像還有跟著。）

馬閃有跟到尚藥局來。貓貓明白壬氏是不想讓他察覺，但要是處理得不夠漂亮，就算是馬閃心裡也會累積不滿的。

只能相信這方面高順會處理好了。

貓貓一回到房間就檢查包裹。這布包是跟信一起送到的，帶有些微香味。

「還是一樣高雅脫俗啊。」

貓貓輕輕打開布包，看到一只陶器，裡頭裝了香料。

貓貓把臉湊過去連嗅幾下。

（以檀香為底混合了幾種香料。）

聞得出來是好東西，但總覺得組合得不夠精緻，折損了它的價值。吃穿都用頂級品的壬氏贈送這種禮物，似乎太馬虎行事了些。

（不，也許是……）

會不會是為了讓貓貓使用，才特地贈送較差一點的品質？以前好像跟他說過很多次，從香料的氣味可以得知對方的地位。

這樣想來，以女官來說能用這種香料算是小奢侈了。

貓貓一面思考壬氏送她香料的原因，一面聞聞自己的衣服袖子。上頭殘留了一絲血腥味。

（還以為已經把味道洗掉了呢。）

她最近常以出外當差為由，拿家畜做解剖。當然，解剖後的家畜臟腑會當作藥材，肉也會處理掉。

今天他們走運聽說有獵師獵得了熊，貓貓獲准參加了解剖。劉醫官高興得很，說熊必須立刻放血支解否則會留下臭味，因此機會難得。

在支解之前會換衣服，並戴上皮圍裙。當差結束後，在回到宮廷前會先入浴。

（偶爾去城裡的混堂洗澡也不錯。）

宿舍沒有浴池，所以能到混堂洗浴是件樂事。奢侈的是，在煙花巷長大的貓貓幾乎能天天入浴。在後宮度日時每隔數日也能洗上一次。

若問她喜不喜歡入浴，答案應該是喜歡。人家會幫她付洗澡錢，而且大白天就洗澡也不錯。

（啊！是頭髮吧。）

畢竟實在沒那工夫把頭髮擦乾，所以她沒洗頭就出來了。

壬氏是否明白要成為真正的醫官，需要做什麼事情？

（不知他是不是連解剖遺體都知道就是了。）

也許是在每回出診時聞到了味道吧。這男人有時會注意到奇妙的細節。

貓貓一面作如此想，一面舀起一匙香料倒進小碟子，輕輕點火。然後蓋上籠子，把明天要穿去的衣服放在上頭。

（大概就這樣吧？）

她先試少少一點，看看人家會不會發現這一絲香氣。

明天的準備也做好了，貓貓決定早早上床睡覺。她正準備換上寢衣時，就聽到有人敲門。

「請進。」

燕燕進到房間裡來，手裡端著春捲。

「這是晚飯剩的，要吃嗎？」

「那就不客氣了。」

貓貓不可能不吃燕燕做的飯菜。雖然現在不是很餓，不過擺到明天早上再吃也行。最近貓貓得去壬氏那兒，又經常需要出遠門參加實技訓練，好久沒吃到燕燕的飯菜了。

燕燕把裝了春捲的盤子放在桌上，眼尖地看著香料。

「真難得看到妳焚香。」

「正逢月信來了。這次血流得多了些。」

她沒說謊。正好每月數日的憂鬱日子來了。

「姚兒小姐也在做，我就仿效了一下。」

不過實際上應該是燕燕在做。

「是這樣啊。」

還以為燕燕會繼續追問些什麼，結果她什麼也沒說。她應該已經發現最近貓貓出外差的次數變多了。

（不是來刺探的嗎？）

燕燕大概只要姚兒沒有怎樣，就不會對貓貓的平素行動盤根問底吧。

貓貓拿塊布輕輕蓋在人家送她的春捲上，繼續換衣服。

翌日貓貓一到尚藥局，就看到姚兒一臉不高興地跟劉醫官說話。貓貓最近當差內容總是與她錯開，少有機會碰面，現在才看到她火氣很大。

（只希望她別說些奇怪的事。）

貓貓一面感到不安，一面開始整理生藥的櫃子。

「我都沒有出外差的機會嗎？」

（來了——）

姚兒眼神嚴肅，充滿了不願輸給劉醫官那張凶臉的意志。

「沒有。」

劉醫官不留情面地說完，開始啪啦啪啦地翻閱日誌。昨日的差事內容寫的跟平時一樣，就是些平凡無奇的事。
「貓貓，妳最近是不是常常出外差？」
姚兒也找上了貓貓問話。
「是啊。」
貓貓不亂找話矇混。
「妳昨日去哪裡做了些什麼？」
「去取熊膽了。」
貓貓此時正在整理的，就是昨日到手的熊膽。這是已經處理好的，是從獵師那兒弄來的生藥。歪扭柿乾般的形狀讓人看了就喜歡。
劉醫官似乎瞪了貓貓一眼，但沒有要阻止的樣子。貓貓由此確定這點內容說了也無妨。
「熊膽是珍貴的生藥，因此我們從旁觀摩了處理方式。另外還支解了牛，檢查有無膽囊結石。很遺憾地，目前還沒找著。」
「牛的膽囊結石如果說的是牛黃，我聽說一千頭牛裡只有一頭會有。有必要特地跑去看幾乎可以確定沒有的東西嗎？」
「有。具有膽結石症狀的牛膽囊裡含有為數不少的結石的機會很大。牛黃一旦上市，有時價格會漲至數十倍，因此看到可疑牛隻就到支解現場旁觀並不是奇怪的事。」

貓貓講話時特別小心，既不觸怒劉醫官，也不說謊。
雖然對姚兒不好意思，但就讓她趁此劃清界線吧。
（不過我走了點後門就是。）
貓貓用上了壬氏這個後盾。就算被姚兒指責舞弊也無可奈何，總之她沒打算說出來。對貓貓來說，把優先順序較高的事情辦好比較要緊。
姚兒無話可回，臉孔扭曲。劉醫官的眼睛回到日誌上，看來貓貓的回答算是及格。
（我懂，我都懂。）
她明白姚兒真正想說的話。
（為什麼不能帶我一起去？）
這就是姚兒的意思。
而劉醫官把答案告訴了她。
「妳如果也想出外差，先去食堂再說。」
「為、為何要去食堂？」
「我看妳連隻雞都沒宰過吧？妳以為只要看人家支解熊就行了嗎？就是這麼回事。貓貓做起來可熟練了。」
貓貓難得被劉醫官稱讚，但總覺得高興不起來。

「那燕燕呢？她應該比貓貓更會剁雞才是。」

「帶個根本沒幹勁的傢伙去是白費工夫。妳認為燕燕會拋下妳一個人去嗎？我沒打算強迫沒有上進心的傢伙跟去。妳如果覺得我只帶貓貓去不公平，那就別讓自己扯別人的後腿。」

劉醫官還是一樣講話嚴厲。

姚兒握緊裙裳，雖一臉不甘心但仍強忍著，因為她的確沒在廚房拿過菜刀。今早吃的春捲八成也全是燕燕做的。

（比起這事……）

在姚兒背後把牙關敲得格格作響，想伸手去拿消毒用酒瓶的燕燕非常嚇人。好可怕……

「燕燕。」

姚兒輕輕伸手壓住她，不讓她亂來。

姚兒平時雖然像是任由燕燕操弄，這種時候卻很明白如何應付保護過度的侍女。

「我明白了。我很快就會把菜刀的用法學起來。」

「很好，很好。那就從宰殺活雞開始吧。」

「宰、宰殺……」

這點小事的確得會做，否則之後有得受的。畢竟有的見習醫官要殺準備支解的豬時，還流著鼻涕大哭大叫。
面對家畜都這樣了，對活人更做不來。身為醫官，有時恐怕得在未施麻醉或任何藥物的狀態下砍斷手腳。
（若是上了戰場，那就是稀鬆平常的光景了。）
到了那種地方，用不著阿爹藏起來的解體圖，人的臟腑要看多少有多少。能把解體圖稱為禁書確實也是天下太平的證據。
「妳這小姑娘能活生生切取動物的臟腑嗎？」
劉醫官用揶揄的口氣對姚兒說了。
「可以！我就是為此而來的。」
姚兒堅決地說了。看來不是出於對劉醫官的反感，而是由衷想獲得醫官的技術。
假如姚兒只是想反抗叔父而踏上醫療之路的話，最好還是讓她早早作罷為上。
雖說試毒傷了臟腑，但姚兒還是個年輕美麗的聰慧姑娘，不愁嫁不出去。
（不好，這樣想簡直跟姚兒的叔父沒兩樣。）
姚兒與燕燕厭惡叔父，但叔父在某方面上也不是沒考慮到姚兒的幸福。茘國基本上有許多風俗習慣，都不適合女子獨力求活。
貓貓沒有資格對姚兒說三道四。只要她決心去做，貓貓不便多說什麼。

可是——

貓貓看向姚兒背後的燕燕。她的視線，朝向方才還在取笑姚兒的劉醫官。

貓貓本來以為，燕燕會默默支持姚兒的決定。

但是——

她卻難得看到燕燕臉上，顯現出透露著迷惘的困惑。

（不知事情會如何發展。）

貓貓心想沒有自己介入的餘地，於是把購進的生藥邊記在帳本上邊收進櫃子。

當天晚上，姚兒二話不說就進了廚房。燕燕緊張兮兮地看著姚兒生疏的刀法。貓貓難得早歸，一邊看著兩人做事一邊等晚飯上桌。

「把這個……這樣！」

「小、小姐……」

揮刀的方式簡直像在劈柴。不只是肉，連骨頭都快剁斷了。

貓貓想幫忙，卻很難靠近她。

「這、這樣很危險的，先從更小一點的東西切起……」

「沒關係，肉，我要切肉！」

燕燕驚慌失措。貓貓本以為性情冷靜的她能把姚兒教得更好，這樣是不行的。

貓貓本想佯裝不知逕自回房間，卻不慎跟燕燕四目相交。燕燕一邊用咄咄逼人的目光看著貓貓，一邊用食指悄悄指指桌上。那兒有一盤已經做好的菜，而且是乾燒蝦仁。

貓貓大吞一口口水。怎麼能先把它做起來呢？蒸騰的熱氣都快跑光了。爽脆的大隻蝦子，搭配幾種蔬菜。雖然用了豆瓣醬所以應該會辣，但加了果汁讓入口的滋味柔和，這是燕燕料理的特色。

要是配上白米一起吃不知有多美味。彈力十足的蝦肉一定會在嘴裡蹦開。

換言之燕燕的意思就是……

（想吃就得幫忙是吧？）

貓貓半睜著眼，但還是洗了手。到頭來還是敵不過蝦子的魅力。

總之貓貓先拿出比姚兒那把小上一截的菜刀，然後把一根紅蘿蔔放在砧板上。

「姚兒姑娘，請妳先切這個。」

「切紅蘿蔔？但我想切肉啊。」

「妳不怕劉醫官說妳連棒槌都不會切？」

棒槌指的是人參。

「……知道了。」

「那麼，請妳換用這把菜刀。不同的菜刀有不同的切法，姚兒小姐現在拿著的菜刀是用來剁斷骨頭的，不適合切柔嫩的肉與蔬菜。除非妳是在練習砍斷患者的手臂。」

「……」

姚兒咬著嘴唇換拿另一把菜刀。燕燕鬆了口氣。

姚兒好學不倦，應該學過醫食同源的知識，但不會連菜刀的種類都懂。縱然懂得知識，向來也都只是負責吃。

「菜刀的拿法錯了，請像這樣拿。還有，紅蘿蔔要這樣放。」

她一步步移動姚兒的手，同時做出指示。

「把人參固定好不會亂動之後……不要用劈的，要慢慢切進去。燕燕有細心保養菜刀，切起來應該很順。不必用力，否則在切除化膿的皮肉時，會把好端端的血管也切斷的。」

咚！姚兒切下了紅蘿蔔的蒂頭。

「就照這樣切片，切成約五分長。」

咚，咚，咚。姚兒這姑娘只要抓到竅門就能做得很好。雖然外表已像是個成年女子，其實還是個虛歲十六的小姑娘。

「切好了。」

紅蘿蔔全切完了。

「那麼接著切這個。」

貓貓拿出白蘿蔔。

「蔬菜已經切夠了吧。」

「只是會切圓片而已不是嗎？等學會削蘿蔔皮再切肉吧。」

其實真要說的話削皮比較難，但她想先讓姚兒習慣切蔬菜，以免她一學會切肉就殺去劉醫官那兒。不過在那之前還得學會殺雞就是了。

姚兒雖一臉不滿，但仍拿起了蘿蔔。

「請不要急著替整根蘿蔔削皮，得先切成好削的大小。」

「我知道啦。」

姚兒削蘿蔔皮時，貓貓看著紅蘿蔔想著該如何處理它。

「貓貓。」

燕燕指指姚兒剁好的豬肉與乾香菇。香菇是高級品，貓貓故意不問她是如何弄到的。

其他就只有旁邊一些佐料了。

（要我做咕咾肉就對了吧。）

正巧手邊有甘藷粉，把肉裹粉油炸或許不錯。

貓貓擔心蝦子會涼掉，但燕燕正盯著姚兒以免她受傷。沒法子，只好貓貓來做了。

「貓貓。」

這次換姚兒跟她說話了。

「我是不會放棄醫官之路的。」

「女子是當不了醫官的。」

貓貓絕不說謊。目前貓貓她們最多獲准的，就是學習醫官的知識。沒有任何頭銜，也得不到半點好處。只能滿足自己的求知欲，並且或許能得到力量，在遇到意外狀況時能夠因應。

「可是，人家不是已經教了妳成為醫官必需的知識嗎？」

「……」

貓貓不作答。她不願說謊，所以只能保持沉默。

「關於在羅漢大人家中找到的書，我後來想了很多。」

姚兒說出了她不太想聽到的名字，但現在擺怪表情沒意義，她靜靜地聽著。

「我是不太能接受那種思想，但明白那些對行醫之人來說恐怕是不可或缺的。我也已經這樣告訴羅門大人了。還以為再過不久就可以受教，原來想實際接受訓練還得有其他能力呢。」

孩子聰敏是件好事，但同時也很棘手。若是不知道這些或是佯裝不知，就能選擇更穩定的道路了。
貓貓都這麼想了，燕燕一定更是這麼想，希望姚兒能過得幸福。
可是，一旦與醫官研求相同的學問，她的人生將與幸福穩定無緣。
「……姚兒姑娘，醫師這一行，有時必須把人體大卸八塊。當聽到孕婦與肚子裡的孩子都有危險時，若是以孩子為優先的話還得切開孕婦的肚子。有時也得在不施麻醉的狀態下，不顧患者的哀求砍斷他的手腳。甚至還得把迸出的腸子塞回去，把肚皮縫起來。」
「我明白。」
「從事這種滿身血汙的營生，可能會一輩子找不到伴。人們都視血為不潔，厭棄排斥。」
到時候只有一些好事之徒才會靠近妳喔。」
「一點兒血就怕得要死的膽小男人，送我我還不要呢。妳說是吧，燕燕。」
「小、小姐……」
平時那般不願讓男子靠近姚兒的燕燕，此時卻一臉複雜。
（這姑娘應該走上正路才是。）
貓貓雖為她感到惋惜，但沒理由勸阻她。最多只能祈求她走上的道路能稍微光明開闊。
「啊！斷了。蘿蔔皮是不是其實很難削啊？」
姚兒噘著嘴唇，把厚厚的蘿蔔皮拿給她們看。

「很難的。」

「可是燕燕都能削成牡丹花做裝飾。」

「我想燕燕姑娘是特例。」

貓貓誠實地回答，接著用夠多的油把裹滿薯粉的肉邊炸邊炒。

姚兒噘著嘴唇看著一段一段的蘿蔔皮。

還得再等一會兒才吃得到蝦子了。

十一話　解剖

到了風和日暖，款冬結出美味花芽的時期，貓貓以及見習醫官們被帶到了一個陰暗的地方。

「終於要正式上陣了吧。」

天祐隨口開玩笑。只有他從容不迫，身旁其他見習醫官無不臉色鐵青。他們偶爾會望向貓貓，一臉不解地像是在說：「妳怎麼會在這兒？」但都沒說出口。貓貓從支解家畜的時候就被他們打量來打量去，早就不在意了。

「不知道是誰給的特別待遇喔。」

只有天祐例外。

這男子雖一副輕薄德性，卻很有膽量。講到支解家畜，最鎮定的大概就屬他了。儘管聽講方面不比其他見習醫官，實技卻冷靜鎮定而比其他人好多了。不如說其實很有兩下子。

「或許是特別待遇吧。」

「哦！真教人羨慕。」

看來這長舌公不找人說話就鎮靜不下來。比起實技訓練中其他緊張敏感的見習醫官，他比較常找貓貓說話。

「反正都有特別待遇了，索性給我你們那件醫官白衣不是更好？」

「這我看沒辦法吧，咪咪。」

（我是貓貓啦。）

是故意叫錯名字的嗎？

貓貓懶得糾正，就隨他了。

不過，她也不是不能理解天祐說的話。

（特別待遇是吧……算我活該被這麼說吧。）

貓貓本來是沒機會像這樣混入眾醫官之中，在昏暗迴廊裡走動的。這條迴廊通往安置死刑犯的房間。為了不讓人瞧見醫官成群結隊前往停屍間，得走特殊的通道。

其實貓貓是第二次走過這兒了。第一次是來察看翠苓的屍體，而這翠苓如今在前嬪妃阿多身邊。

（要是翠苓也能學習外科技術就好了。）

過去貓貓前往西都時，曾與她一同治療過傷患。她能在砍斷活人手臂後面不改色地進行治療，學起外科技術一定得心應手。

（只是從出身來說行不通。）

儘管未經朝廷承認，翠苓畢竟是先帝的外孫女。再加上又是已遭滅族的子字一族之女，即使免於一死也注定埋沒一生。

（可惜了。）

但貓貓無能為力。世事總是不如人願。

貓貓也想過她是否索性死了痛快，但又覺得不行。

可不能忘記有個姑娘為了讓翠苓活下來，不惜演出她這輩子最大的一場戲。

「是哪個後盾讓妳來的？」

天祐開門見山地問她。

「你想說我是靠關係進來的？」

貓貓故意說出成為醫官貼身女官時，頭一件被懷疑過的事。

「我的直覺告訴我有其他原因。」

天祐如此斷言。

（這傢伙……）

看似吊兒郎當，卻有些地方難以捉摸。

若是被他瞎猜到壬氏頭上就麻煩了。

「小心我跟燕燕告狀。」

「燕燕不在這兒，我看妳告不了狀。」

儘管沒能糊弄過去，但好歹達到了拖延之效。他們抵達了目的地。

「這邊。」

劉醫官指指深處昏暗的門扉。沉重的門扉嘰嘰嘰……地一打開，淫氣就更重了。

（有股酒精味。）

嗜酒的貓貓本來會喜歡這種氣味，但目前實在沒興致喝酒。房間中心有張床，上頭躺著個全裸的男子。脖子上留有清晰的繩子痕跡。

是受了絞刑的罪人遺體。

想是罪人軀體擦過發出的酒味了。

「會戴上圍裙，但盡量別弄髒了。」

貓貓穿上人家給她的圍裙，又拿到了白色三角巾。似乎不是用來包住頭髮，而是要蒙住眼睛以下的臉部。

「我來切。你們睜大眼睛看清楚，把每個部位察看過一遍。」

劉醫官的手裡，握著切開用的小刀。

「給我好好記住了。」

講話口氣像在威脅人。

劉醫官事前已經禁止他們做筆記。不如說此時他準備教大家的事情，是受到嚴禁的。只能當場記起來。

（要講倫理還是醫術發展？）

不公開大概就是醫官們做的折衷了。

鋒利的小刀滑入遺體的肥胖肚子。血沒多到噴出來，但肌肉也不硬。大概是選用了屍僵已緩解的一具。

緩緩切割開來看見的臟腑，比剛殺的家畜臟腑更容易看個清楚。但畢竟是真人的屍首，血腥感非比尋常。就連已經習慣了其他動物的人也有一兩個摀住嘴巴。

「這是心臟，切勿割到與這裡相連的大血管。」

「胃囊、小腸、大腸。這些是消化器官，腸子你們已經灌過幾次香腸了。」

那是劉醫官說要把家畜物盡其用，叫他們做的。雖然做出了美味的香腸，但今後可能會有幾名見習醫官再也不敢吃。

「這是生殖器官。下次有女犯我就叫你們來，因為不用我說你們也知道，形狀不同。」

貓貓早就看慣了男子的生殖器，不會驚慌。

「你們知道此人生前，患的是什麼病嗎？」

劉醫官考他們。

（哪裡看得出是什麼病？）

遺體已經死了數日，現在看膚色也看不出端倪了。只是各處似乎有些斑點。而這也是貓貓頭一回直接看到臟腑。

硬要說的話……

「是肝病嗎？」

由於無人回答，貓貓就說了。雖然她最好少插嘴，但不回答問題就不能繼續聽下去。

「如何得知？」

「感覺肝臟的顏色形狀似乎比其他動物差一些。此外，皮膚也出現了一些黃色斑點。若是黃疸的話，竊以為可能是肝不好。」

跟姚兒的症狀相同。

「算妳及格吧。此人於酩酊大醉後鬧事，在店裡大鬧一場，與其他酒客起了爭執並將其殺害，甚至連上前阻止的親娘也殺了。此人原本就行為不檢，當時被警告不可再犯，剛被釋放就做出這種事來。」

難怪會被判絞首。

「與健康的肝臟比較就能更清楚看出，這是肝臟發炎了。原因可能是酗酒，但有時也會經血液感染。因此你們絕不可弄傷了手，否則毒素會從傷口入侵，使你們染病。」

劉醫官講話總是語帶威脅，連天祐聽了都不敢亂說話。不，天祐正睜大了眼睛在看臟腑。大概是一到了實際練習就會莫名認真起來吧。

貓貓仔細聽清楚嚴厲醫官說的一字一句，緊盯著被分割開來的遺體。

特別講堂結束後，貓貓換好衣服前往混堂。店家隔壁有間寺院，可以猜出當初是僧侶創辦的浴堂，現在則要收錢。

混堂裡不是混浴而是男女分開，此時是白日較清閒的時刻所以感覺比較寬敞，但更衣處不是很大。儘管排列著許多架子，但最多大概只能容納十五人上下吧。京城裡有好幾家混堂，而這家儘管並不華美，然而優點是打掃得乾乾淨淨。

「呼～」

洗澡水有點燙，但客人只有少少幾個，對貓貓而言是最享受的時刻。

劉醫官說今天就到此為止，於是她把頭髮也洗乾淨，用水沖掉黏在頭髮上的陰沉空氣。能夠放鬆心情泡浴池，什麼也不想的一段時刻是很重要的。

（只是可惜不能寫下來。）

要是寫成書就要變成禁書了。

此次只是觀摩，但今後貓貓也得自己做解剖。

貓貓很意外自己親眼看見人體——死者的屍體還能如此冷靜。

（想必是因為對方是素未謀面、罪有應得的犯人。）

這要是換成熟人，不知道自己還辦不辦得到。還是說能照樣不當人看，就當成曾為活人的軀殼處理？

貓貓想起羅門藏起來的禁書。羅門說過最後一頁是他的師傅。只是，就那幅圖畫看起來，不像是位老嫗。

（不曉得在畫圖時是什麼樣的心情。）

那位師傅對羅門而言是什麼樣的人？

貓貓再度長吁一口氣時，有年輕姑娘們進了浴池。

「欸，妳還是決定要考？」

「嗯，得考中才行。」

貓貓豎起耳朵，聽聽她們在聊什麼。

「可是最近，不都沒在招募後宮宮女了嗎？」

「所以才要考啊，現在人數減少了正是良機。」

（招募後宮宮女？）

貓貓皺起一張臉盡力思索。記得壬氏說過，玉鶯的女兒——玉葉后的姪女即將入宮。但其實會被拖住，進不了後宮。

（原來還是要招募宮女啊。）

讓那姪女身邊全是從西都帶來的侍女不是很好，況且畢竟是權貴的女兒。

「雖然成天說什麼東宮東宮的，但當今皇上只有兩位皇子，還有競爭機會呢。兒子生再多個都好嘛？」

真是個力圖上進的姑娘家。竟然想入宮成為宮女，設法獲得皇帝寵幸，甚至以國母為目標。

（夢想是愈遠大愈好。）

只是可能會迎來出乎所料的結局。

貓貓點個頭，水珠滴答一聲從溼答答的瀏海滴落下來。

（說到這個……）

壬氏似乎要在新嬪妃到來前，與她錯身而過前往西都，但不知正確的時日決定了沒有。

更重要的是，貓貓想知道還有誰會同行。

（下次問問好了。）

貓貓嘩啦一聲從浴池站起來，往更衣室走去。

十二話　數字的祕密

文書審閱告一段落，壬氏伸了個大懶腰。

書房裡沒有別人在。不，是有一個人，從屏風後頭傳出收拾文書的聲響。不是別人，正是懼怕與人來往的馬良。

公務已經處理完畢，不過他有件事想問馬良。

「馬良，可否問你個問題？」

「何事？」

屏風後頭傳來細微的聲音。

「這姻緣是怎麼來的？」

「咦？姻緣？」

「我說雀你就知道了吧？」

至於說怎麼會問到姻緣，別看馬良這樣，他已經娶妻了。而且妻子還是最近在壬氏身旁作侍女的雀。

壬氏所採用的侍女有個條件，就是不能試圖勾引壬氏。雀自然也滿足了這個條件，只不過——

「她那人不像個人對吧。」

馬良又用引人誤會的用詞回答了。

「呃……她好歹也是你的娘子不是？不是也有孩子了？」

她的確是個性情特異的媳婦，因此壬氏不清楚她跟馬良合不合得來。所以一時好奇就問了問這段姻緣的開端，誰知——

「……是麻美姊姊與家母合謀，拿馬閃和我比，選了個能確實傳宗接代的方法。」

「……」

「在承諾子女全由她養育之後，就把她娶進門了。我們半個月才見一次面，也幾乎沒講上幾句話，但感情應該還算和睦。」

「嗯，我明白了。」

馬家兩兄弟真是處於兩極。的確比起體質異於常人的馬閃，體弱多病的馬良或許還好一些。

不過這場策略婚姻做得也真徹底。

「說是不知道臣能活到幾歲，要臣早早生子。說得比科舉還急。」

聽聞他是前年考中科舉，所以時日排列起來應該是有了孩子才去應試。

「雖是個奇女子，不過水蓮罰著罰著，還是有派差事給她。」

給人的感覺，有點像貓貓在壬氏底下當差時的狀況。

「她是巳字一族的後裔。不過只是旁系。」

這麼一聽就懂了。馬字一族多以皇族護衛為己任，巳字一族則是皇族直屬的諜報機關。

馬與巳二大家族從內外兩面守衛皇族。為了加強關係，有時自然也會讓雙方子女合婚以獲得政治利益。

「你也真是不容易啊。」

「不會，論外表或立場，臣都沒有壬總管來得複雜。況且家姊對臣說過夜裡只要安靜躺著，其他的事內子會處理。」

「……」

不但若無其事地對壬氏出言冒犯，而且總覺得好像聽了什麼不該聽的事。

若是人人都能這樣淡泊地接受策略婚姻，天下就太平了。

正在閒聊時，走廊上傳來了腳步聲。壬氏書房外的走廊，刻意做得容易傳出腳步聲。

「家姊好像正好回來了……若是對雀的使喚方式有任何不明之處，還請儘管詢問家姊。」

是女子的跫音。壬氏為了省麻煩而盡量不讓女官接近，因此這一定是麻美。

「不了，雀的事情就到此為止。」

壬氏只是忽然有點想知道別人的姻緣開端罷了。但恐怕沒半點參考價值。

隨著幾下叩門聲，果不其然是麻美回來了。手裡拿著文書與茶具。

「小女子回來了……咦，你們倆是怎麼了？」

被壬氏與馬閃盯著瞧，麻美偏頭不解。

壬氏已無意再問雀的事情，況且亂問怕會引來誤會而被取笑一頓。不光是馬良馬閃兄弟，壬氏也不敢忤逆這位大姊。

他想想有沒有什麼藉口可糊弄過去。

「您是不是想找話糊弄我？」

麻美瞇起一雙鳳眼。

「沒有，只是在想之前拜託的事情得到回音了沒。」

這裡所說的拜託的事情，就是日前玉鶯信上的那條繩子。壬氏看不懂那串數字的含意，於是託給了專家。

「您是說羅半大人吧。我正好把他的覆信帶來了。」

講到數字就是羅半。雖然想得太單純了，但看來沒選錯人。

開信一看，上頭寫了數字的真正含意。

「可否讓小女子也看看？」

麻美靠近過來，於是壬氏把信放到桌上。馬良似乎也感到好奇，從屏風後頭走了出來。

「這是帳簿嗎？」

「似乎是了。」

羅半送來了帳簿的抄本，就是農作物的租稅帳簿。西都收的稅有幾成會上繳至中央。可能出自同一地方的帳簿多年紀錄，以及曾被捲成帶狀的皺巴巴紙張貼在信上。

「是這兒嗎？」

可能是去年上半期的數字。西都作物匱乏，但並非完全不事農業，有小麥與葡萄，或是棉花與甜菜等。除了作物之外另有羊毛，也是當地一大特產。

如同麻美所示，這與寄來的滿紙謎樣數字正好吻合。從二位數到四位數的成排數字，原來指的是收穫量。收穫量乘以稅率就成了稅額。

「怪了?只有這兒不一樣呢。」

麻美的手指停在小麥的項目上。只有小麥的項目，是帳簿的數字較大。

「數字不同，就是在告發有人竄改帳簿了?可是——」

「……這是怎麼回事？」

假如帳簿的數字較小，那壬氏還能理解。如果這些數字是在揭發舞弊情事，帳簿的數字必須比較小。

「寄來的數字比較大。」

也就是說，上報的數字比實際的收穫量更大？這樣就得繳納更多的稅。

「意思是說那邊故意繳比較多的稅？」

真是不解其意。這樣反而要吃虧了。

雖不明白目的是什麼，至少羅半認為寄來的數字是農稅。

「願意多付一點當然是好事，但實在很可疑呢。」

「……被竄改的只有小麥嗎？」

馬良比較帳簿的多年紀錄。

「關於其他作物，去年的數字比往年的收穫量少呢。」

「假如相信密告內容，減少最多的就是小麥了。」

壬氏瞇起眼睛。他也已經通知過西都因應蝗災。假若是想隱蔽這項事實，的確會做這種竄改。

「小麥的收割期是何時？」

「要看是冬小麥或是春小麥，不過上半期的話是冬小麥，於初夏收割。」

那時壬氏早已離開西都，而皇后的父親玉袁也已前往京城。

「真佩服他能找得到這種東西。」

麻美對羅半的辦事能力大感佩服。就算是自己的部門，要從大量帳簿中找到符合的數字的確不是件容易的事。

「關於這點，信的最後有寫。」

馬良翻開了書信。

『送來的帳簿上有熟人的印章，所以還記得。』

「熟人的印章？」

上頭有個熟悉的名字。

無意間，壬氏想起去年前去西都的人員。他想起了在貓貓、阿多與羅半等奇人異士當中，有個總是神色自若的人。

「這陸孫閣下，以前是漢太尉的副手吧。」

「是呀，我耳聞過幾次。」

那人本是怪人軍師的副手，在西都宴席上跟貓貓跳過舞。是個名喚陸孫的男子。

目前應玉袁的請求，應該正在輔佐玉鶯。

「麻美，關於曾為漢太尉副官的陸孫，妳有聽說過什麼嗎？」

壬氏至多只知道他的職位，對其為人毫不了解。只是，壬氏曾撞見過那人令他不快的一面，負面印象不免比較強。

「陸孫大人是吧。這個嘛，小女子所知道的都只是輾轉聽來的。」

麻美邊說邊準備茶水。

「這人在羅漢大人底下效命之前似乎是文官，但聽說並非科舉進士而是有人舉薦，說是出身商家。此人舉止溫文爾雅，當時在女官之中頗受青睞呢。」

原來麻美的消息來源是那裡啊。

「誰的舉薦？」

「這就不知道了，我這就去查明如何？」

「不急。不過，麻煩在我去西都之前查出來。」

聰慧的麻美把茶與茶點放在壬氏面前後，就開始流暢地寫信。想必是打算立刻查清陸孫的事吧。寫完信後，她甩一下紙把它吹乾就收進懷裡。

「恕臣僭越……但為何不直接詢問羅半閣下呢？」

馬良進諫的語氣，就好像怕自己是多管閒事。

壬氏撇撇嘴。

「我已經欠了羅半閣下多次人情。這件事也是。」

「似乎是如此。」

「倘若要再欠人情，與其一無所知開口就問，不如先知道一些，這樣只需支付不知道的情報的代價，豈不更好？」

「確、確實如此。」

羅半不能說是大善人，但好歹是個不以瀆職為美，對此深惡痛絕的人。話雖如此，壬氏基於立場也不能事事讓人握住把柄。

「其餘文書小女子就擱在這兒。」

麻美把茶與文書一併擱下，好像是在催他繼續做事。

「好。那麼我做這些，妳就先把這看過吧。」

壬氏也沒閒著，把一份文書遞給麻美。

麻美的鳳眼睜得圓圓的。她的眼睛左右來回做確認。

「您這是認真的？」

「壬總管原本就沒有必要親赴西都，現在又……」

「別說了，我知道有多危險。」

畢竟敵人不是只有外邦或天災。

「若是在遙遠西域有人要您的性命，那該如何是好？」

這大概是麻美最憂心之處了。

「為保安全，我預定帶上最好的醫官與武官。」

「我也記得您說過，要劉醫官多派些有用的醫官。那麼護衛呢？」

「至於武官嘛……」

「我說的就是武官！這人選真的恰當嗎！」

壬氏抓亂一頭頭髮。麻美一副只差沒說「成什麼樣子」的表情。

「……哪來什麼人選，我又無權拒絕。」

「那也不能這樣吧！」

馬良從麻美身旁探頭看文書。

「這真是驚人。羅漢大人要去？」

「是啊，我會請羅漢閣下前來。」

「什麼……？」

麻美的臉孔歪扭到不該有的地步。就算是她，大概也很少露出這般排斥的神情吧。

「您在想什麼？他會失控的，會引發大問題的。您不怕他伺機捅您一刀？」

「我明白，我明白。」

「就算能派人護衛，哪個武官不是羅漢大人的走卒！誰知道會不會佯裝成事故要您的命！」

「羅漢閣下有這麼討厭我嗎？」

他還以為日前那場圍棋對弈，讓羅漢對他稍稍刮目相看了。

「真要說起來，誰能治得了他？就算把羅半大人帶去也絕對行不通。不，雖說醫官那兒有羅門大人在……」

不愧是麻美，知道得一清二楚。

「羅門閣下不行，他年事已高，熬不過長途旅行，更何況腿腳不方便。要請也是真逼不得已才請。」

不如說事情從一開始就決定了。壬氏幹出的好事導致他非去西都不可。

「那還有誰……啊，難道說……」

麻美直覺準確，省了壬氏解釋的工夫。羅半與羅門都不行的話，就只剩一個人選了。

就某種意味來說，是最好也是最糟的組合。

「……是貓貓姑娘嗎？」

麻美臉孔肌肉陣陣彈跳著說了。

壬氏面露苦笑，別開目光不敢看麻美。

十三話　玉鶯這個男人

陸孫行筆流暢，用羽毛筆在羊皮紙上書寫。這種適於速記的草書簽字，不知道已經簽過幾次了。他不時會與最早的簽字比較看看，確認字形有無改變。

在京城裡只需要蓋印就好，所以從不會像現在這樣手痠。他趁著空檔甩甩手腕，檢查書信內容。

「陸孫大人，這些請大人過目。」

文官帶了新的文書過來。這名官員已經來第五趟了，從口音較少可以判斷是華央州出身。耳垂很大，呈現很有福氣的形狀。不知是否平常大多用右手搬東西，身體呈現右側下垂的姿勢。

「謝謝。那麼請將這些拿去。」

「遵命。」

交給陸孫的文書都可以說是雜務。至少這兒的藩王當這些是雜務。

戌西州的人口，幾乎全集中在東西方商路上的城鎮。

這裡所說的雜務，就是遠離那條商路的土地居民的陳訴。與其說是城鎮，或許該稱之為村莊或聚落。

居民幾乎全是農民，從事的大多是放牧，或者是種植葡萄等耐旱作物。陳訴內容包括希望能修建灌溉渠道，或是夜盜頻仍導致家畜遭竊，諸如此類。

最近則多次送來了陳情書，說是小麥明顯歉收，希望官府能派人視察。

「哈哈哈。」

他忍不住笑了出來，引來正要退出的文官一頓詫異的目光。

陸孫從王都被喚至西都差不多已過了半年。陸孫前來是因為對方假稱想求得一名了解京城政事的人才，給他的公務卻盡是**雜務**。從當初到現在有所改變的，不過就是熟悉了差事使得處理的量增多了。

「似乎是不怎麼信任我呢。」

陸孫在分配給他的書房獨自嘟噥。他一面甩動快要罹患腱鞘炎的右手，一面檢查文書。

陸孫每天看這麼多的文書，也漸漸看出了傾向。他寧可相信自己除了記住人臉之外，多少還有些其他長才。

「我可是都有呈報的。」

公務是玉鶯分配的。注意到的問題擺著不呈報，萬一發生什麼狀況就可能要揹黑鍋了。

陸孫不禁懷疑叫他過來，會不會就是為了這個目的。

玉鶯……現在由他暫為西都之主。只要前往中央的玉袁不回來，就會是他這長子繼承地位。玉袁另外還有幾個孩子，但似乎沒有一個有玉鶯這樣的氣概。

「失禮了。」

又有一名文官送文書過來。這次不是追加的文書，而是把陸孫呈上的公文退了回來。對方是玉鶯直屬的文官，過去見過個兩次面。第一次是在去年西行之時，第二次是去向玉鶯致意時擦身而過。

「退還與您。」

文書上什麼也沒寫。沒簽字也沒蓋印。

「這表示不可對吧。」

「是。大人表示這事或許是有必要，但更重要的事務多得是，希望您懂得事情的輕重緩急。」

講得還真明白。

陸孫揚起嘴角，把退回來的文書放進抽屜。

「另外還有一事。」

「還有何吩咐？」

「玉鶯大人請您走一趟。不是現在，說是上午公務結束後一塊兒喝個茶，大人意下如何？」

雖然是問句，但這種時候無從拒絕。

「謹依尊命。下午敲鐘之前前往中庭涼亭就行了嗎？」

「是。」

文官一臉若無其事地離去了。

玉鶯總是在那兒與人喝茶。那兒臨近水源（綠洲），比其他地方涼快。在舉行茶會之前會從一早就焚燒著驅蟲的香料，所以一看就知。

玉鶯這個男人並非無能，又是權貴之子，接受了嚴謹的教育。可能是受了原為商賈的玉袁影響，就連陸孫都感覺得到他想讓西都繁榮發展的氣概。

他的眼中有著近乎野心的上進心，自少壯以來未曾改變。

或許也因為如此，有時甚至讓人感到有失穩妥。

「……這也是歸我管嗎？」

窩在書房裡的時辰變久了，讓他現在少有機會與人交談。養出了自言自語的習慣也怪不得他。

「我是希望能有更多機會跟人說話啦。」

記住人臉是他的特長也是興趣。對人的長相過目不忘，也就表示成天看著同樣幾個人會看膩。

他拿出了一份關於絲綢與寶石等飾品的報銷單。畢竟是貿易之地，價格自然遠比在京城裡買便宜，但一樣是天價。很容易就能猜出它的用途。

陸孫剛來到西域時，曾與一名女子擦身而過。年約十五、六歲，給人的感覺與玉葉后很相近。

聽為他帶路的官員說，那是玉鶯的女兒。

官員低語了一句「長得不像就是」，沒再多說或許算是聰明。

「真是力圖上進。」

如今那姑娘已經不在了。約莫是在數日前啟程去了京城。

陸孫微微揚起嘴角，又開始流暢地寫起字來。

這位蓄著深黑鬍子的人物除了曬黑的肌膚之外，相貌體格都不像是西都人。儘管五官多少較深邃，但終究還是茘國的典型相貌。一頭直髮，臉孔偏圓，比西都人的平均體魄更瘦，但肌肉結實。

說的不是別人，正是陸孫眼前的玉鶯這個男人。

若是說父親玉袁看起來像個和和氣氣的商人，他的兒子就像是武將。
年紀已過四十，但在容易喝酒喝胖的西都人之中看起來少說年輕十歲。快活地露出白齒的笑容，容易給人好印象。
看著那伸長的虎牙，陸孫悄悄別開目光。
「謝大人邀請。」
陸孫緩緩低頭致謝。
「不，不用這麼客氣。坐吧。」
男僕拉開藤椅。陸孫坐下後，果子露就放到了桌上。
「或是你比較喜歡喝茶？」
「不會。做文書公務會讓人想喝點甜的。」
也許是用地下水冰過，玻璃杯上結了水珠。
「別這麼客氣。還是你以為不是單純喝茶？」
「哈哈哈，臣就是容易緊張。」
陸孫一面笑，一面喝口果子露。
「看到王都派來像臣這樣才疏學淺之人，臣擔心大人大失所望，心裡著實不安。」
「哈哈哈，父親看中的人一定不會錯。更何況你曾在那羅漢閣下底下效力，不可能是無能之輩。」

羅漢閣下，是吧？

陸孫放下玻璃杯。桌子中央擺放著各色水果。

「對了。」

玉鶯站起來往背後看。在他的視線前方可以看到一群商人。

「那裡頭可有你見過的人物？」

「……有三人。兩人負責統整每年來到京城的商隊，另一人則是以海路為中心的生意人。」

男僕前來將筆墨放在陸孫面前。陸孫寫下姓名交給對方。

「臣只記得其中兩人的名字。其餘則是初次見到。」

「好，我會去核對看看。」

不知是想確認有無可疑人物，抑或只是想試試陸孫的特長。

過了半晌，文官回來對玉鶯耳語幾句。

「嗯。」

大概是對答案感到滿意吧，玉鶯摸摸鬍鬚。

「了不起，答對了。」

「……不過是正巧有印象罷了。」

陸孫緩緩低頭，謙虛地說。

「真不可思議。一個人每日能見到幾十、幾百張臉，你卻能記住？難道說，你與京城人稱身懷異能的羅字一族是血親？所以才會為羅漢閣下效命吧？」

「絕、絕無此事。」

這是陸孫今天第一次出自內心發笑。搞不好這是他來到西都以來聽過最有趣的話。

真沒想到玉鶯居然以為他與羅字一族有血緣關係，比隨便一個江湖藝人的笑話有趣多了。

「那個家族盡是些異乎尋常之人啦。至於臣呢，這個嘛，或許可說是習慣成自然吧？」

「習慣？」

「是。家母曾告誡過臣，不可忘記別人的長相。」

「對了，你說過你是商家出身。」

「是，家母說忘記客人的長相不利於營商，要臣把這當作是攸關生死的事。」

陸孫可能是用笑消除了緊張，講話變得健談起來。

「看來是位嚴母了。」

「正是。」

陸孫喝口果子露，稍作停頓。正想到以前軍師大人也愛飲果子露時，玉鶯道出了驚人的一句話：

「不知羅漢閣下是否會喜愛此味？」

「您知道羅漢大人不會飲酒？」

「人盡皆知啊。」

說這事遠近皆知，陸孫倒也能理解。那人所經過之處無不像是颶風過境，滿目瘡痍。暴風吹出一堆爛攤子，再由陸孫來收拾。

「閣下到訪西都之際，我就準備包括這在內的幾種果子露吧。」

「您說到訪西都之際？」

陸孫忍不住重複了一遍。身上冒出微溫的汗水。

「哦，你又開始緊張了。這樣吧，看你像是初次耳聞，我就告訴你一件好消息吧。」

講得反倒好像這才是主旨一樣。

「羅漢閣下即將蒞臨西都。意外的是連皇弟閣下也一道前來。」

講話口氣簡直像把皇族當成附帶的。

陸孫揚起嘴角陪笑，心中深深嘆了口氣。

問：三十萬人一年需要多少糧食？

答：視種類而定。

得到這種不正經的答案，陸孫已經不是生氣而是傻眼了。

臨時被找來之後，他得到機會在茶會上跟幾人交談。對方盡是對財貨流通知之甚詳的人，本來還以為能夠得到更聰明的回答。

「這無法清楚斷定。西都周遭地帶的草木與華央州不同，稻米比中央更昂貴。」

這理由他懂。懂歸懂，但已經聽太多次了。

稻米不行就小麥，小麥不行就蕎麥，他是希望對方能把可做替代的糧食組合起來，算出各自能確保多少分量。

陸孫已經算過很多遍了。但他並非專業，憑他的考量算不出正確答案。

但坦白講，西都的官吏沒有人會願意幫陸孫做那麼多。不是把他當外人不予理會就是被長官制止，要不就是太忙沒空。

「月君八成每回都碰上這種狀況吧。」

陸孫一面嘆氣，一面不禁埋怨。

那個多次受到羅漢妨礙的貴人，年紀尚輕卻十分努力。但是，光靠努力是得不到讚賞的。身為皇族就是必須得到優於任何人的評價，否則就不算數。

陸孫垂頭喪氣地回到書房時，一名信使正在房門前等他。

「華央州有信給您。」

陸孫收下盒子。老實講，這很難稱為一封信。盒子用繩子捆著，綁成裝飾般的繩結。他在京城時常收到這種文書，繩索有固定綁法，讓人一拆開就很難綁回原樣。

解法是有訣竅的，但陸孫此刻實在沒剩多少氣力。他用小刀割斷繩索，打開了盒子。

成堆文書的頂端寫著「目糸隹」。這不過是「羅」字拆解當好玩的小暗號罷了，羅半主要在傳遞信息時，很喜歡這樣做。

羅半是羅漢的姪子，基於此種關係常與陸孫一同行動。陸孫比較偏向將他當作朋友而非同僚，但想想到頭來講的盡是些公事，讓陸孫反省了一下。

「果然厲害。」

擅長數字的羅半，明確地給出了陸孫想要的數據。

以稻米來說，一畝可收穫約二石五斗（一百五十公斤），一般認為這就是一人消耗的稻米量。當然，加入其他糧食也會改變稻米的比例。替換成小麥、豆類或薯芋時，大約會變成多少分量都寫得清清楚楚。不只如此，甚至連是否易於保存、流通的難易度與目前的時價都寫進去了。

「還以為他會大力推薦薯芋，結果沒有。」

羅半的親爹正在種植薯芋，但薯芋不如米麥容易保存，不耐擺。似乎正在研究保存與加工的方法。

紙上寫著一串串的文字，看得陸孫險些兩眼發昏。羅半大概自認為已經整理得有條有理了，但只有少數人能看著數字掌握事物。陸孫是迫於需求才學會看數字，但對一般人而言，數字只要會到能在店裡買東西就夠了。

他用模糊的視線翻閱名為書信的資料。

整疊紙幾乎全是資料，只寫了一句「再過不久將會發生有趣的事」。

「我可能知道是什麼事。」

大概是說羅漢要來了吧。

羅半可能是想讓陸孫大吃一驚，才故意寫得吊人胃口。但很遺憾地，玉鶯才剛把這消息告知了他。

陸孫面露笑容，把書信恢復原樣收進盒子裡。然後，他撿起方才割斷的繩子。

「嗯——」

分明是自己弄的，這回卻又後悔不該割斷。陸孫在抽屜裡翻找新的繩子，拿出麻繩捆在盒子上。

只要記得原本是何種繩結，就算有人打開再綁回去也立刻看得出來。

陸孫把盒子收進櫃子底下的箱籠裡，接著伸個大懶腰。

「去散個步好了。」

自言自語果然變多了。聽說有的官員由於長期處理文書公務而崩潰辭官，陸孫搞不好也會步上後塵。

剛剛才跟人喝過茶，現在又要散步。看起來像是偷懶不做事，但他平時做事認真，就請別人睜一隻眼閉一隻眼吧。

「過一陣子就去請求出外差好了。」

商人不會賣任何東西給不了解商場的人。這是母親說過的話，是很久以前聽到的，但他還記得。

就拿陳情書當藉口，請求去視察農村好了。

陸孫一面思考如何解釋視察的理由才能成行，一面信步在中庭裡走一圈。

這時，只聽見某種吵鬧的聲音。

他改變方向，往聲音傳出的地方走去，看到一群壯漢在大聲吼叫。

本以為是起了爭執，因為男子們圍繞著兩名扭打的男子。但錯了，那是在比摔跤（相撲）。

男子們開懷地笑著。陸孫記得他們全是武官，每人都纏著藍色的頭巾。從衣帶的顏色看來，各人官階並不相同。

陸孫本來想露臉，但又縮了回去。扭打到最後勝出之人，是他十分熟悉的面孔。正是玉鶯。

方才還在飲茶的人，此時已經在跟人摔跤了。

那副跟部下談笑、流汗的模樣實在看不出是西都之長。對於身邊的其他人而言，玉鶯想必是位平易近人又愛護下屬的藩王吧。

陸孫咕嘟一聲吞下口水。

他不認為玉鶯是為了博取人望才跟部屬摔跤，更何況本人想必也樂在其中。

要是被玉鶯看到就糟了。假如他要陸孫一起來摔跤，那可不是鬧著玩的。再加上陸孫正在散步透透氣，出於這份內疚恐怕很難推辭。

陸孫轉過身去，決定回書房。看樣子與其散步轉換心情，不如專心辦公比較好。陸孫來到西都，是為了輔佐玉鶯政務上的不足之處。

陸孫的負擔很大，但玉鶯也不是閒著不做事。此時的這場嬉戲笑鬧，似乎也在掌握人心上發揮了功效。

他想起了昔日看過的戲曲。戲臺上，武將與眾部下徹夜飲酒，在隨時可能馬革裹屍的沙場上及時行樂。

玉鶯很像當時扮演主角的武將。

世上有主角與配角兩種人。陸孫明白自己屬於配角那一方。

屬於在戰亂之世死時無尺寸之功，在太平之世只能庸碌一生的小卒。

玉鶯就不同了。這名男子屬於故事的主要角色。

與陸孫不同。

陸孫再次大嘆一口氣。

「西都恐怕需要像他那樣的人吧。」

像他那樣的男子，在太平之世一樣能成為主角。

十四話　選拔

（意外地還算能適應。）

貓貓險些把此一感想說出口，悄悄摀住了嘴。

仔細洗過手，換過衣服後前往混堂。就這樣了。

她剛才第一次支解人體。那是被判絞刑的男強盜遺體，身上有著多處刀傷。若是知道死後還會遭到切割，或許就不會走上這條不歸路了。

（身體也得仔細洗乾淨才好。）

貓貓聞聞手上有無殘留味道。更換的衣服也焚過一絲淡香，她心想應該沒有問題——

「咪咪。」

這是在叫她嗎？只有一個人會如此叫她。轉頭一看，天祐就在那兒。

「……」

名字分明是錯的，一旦回答就等於是認了。但又覺得當作沒聽見不是很好。

（如果是講無聊廢話我就馬上走人。）

然而，天祐叫住她是有理由的。

「劉醫官說現在有話要講。」

「入浴呢？」

「晚、點、再、說。」

天祐講話有些吊人胃口，但本人似乎也對於不能洗澡感到不滿。只見他把鼻子擦在衣服上嗅了幾下。

既然不是只有自己倒楣，貓貓也不便抱怨，就跟著天祐走去。

然而，其他見習醫官卻一個接一個回去了。

「其他醫官呢？」

「妳不明白嗎？補試啦。」

聽到補試二字貓貓就懂了。其他見習醫官就算把動物支解得很好，換成人體時手還是在發抖。

好像只有貓貓與天祐切割時神色如常。

（換句話說這傢伙也是了？還以為會再看幾次實際表現呢。）

貓貓再次聞聞手上的味道。

她被帶去的房間裡，有劉醫官以及阿爹羅門，另外還有幾位醫官。會議用的大案桌旁擺下了椅子，眾人以上座為中心坐著。

（全是上級醫官？）

眾人皆是醫術了得，值得借鏡的醫官。

醫官也有分階級，可粗略喚作上級、中級與見習。

貓貓在他們當中發現一個明顯突兀的人物，不禁揉了揉眼睛。

那人衝著她直揮手，有著發福的輪廓與溫和可親的眼神。是個分明是宦官，卻不知怎地留著泥鰍般鬍鬚的男子。

「醫官大人……」

當然，這裡說的醫官得冠上「後宮」二字。

正是庸醫。

（他為何會在這裡？不，雖說從人選來說沒錯……）

好歹也是獨自在後宮為人醫病，儘管空有階級，但還是有著上級醫官的頭銜。

可是，怎麼看就是突兀。

其他醫官各有長才，在這群人當中，卻乖乖坐著個漫不經心，活像小豬仔的庸醫。

（講到這個……）

庸醫那性情連屍體都不敢碰。
（他是怎麼從見習醫官升上醫官的？）
真神祕。可列為宮廷七大懸案之一。
貓貓正在思索時，就聽見有人輕輕拍手的聲音。
「看樣子大家都到了。」
劉醫官讓人聲嘈雜的房間安靜下來。
不知何時又有數名中級醫官來到了周圍，看著其實比庸醫更突兀的貓貓。
縱然容貌並不出色，在全為男子的醫官當中混進一名女子，無論如何就是顯眼。
「那麼，我要談正事了。你們隨便找空著的位子坐下。」
（我能坐哪兒啊。）
上級醫官都已經坐著。
中級醫官開始找位子坐。
見習的天祐仍然站著。
貓貓也等著眾人坐下。
就算說可以隨便坐，到頭來還是得看階級。若是緊急情況下還另當別論，在這種場合順著他人作法悄悄坐下才可免於發生衝突。

天祐選了離門最近的位子，貓貓坐到最後剩下的位子。
（真說不上是好是壞。）
看來沒人想坐在上級醫官旁邊，最後只剩下庸醫旁邊的座位。貓貓坐到笑容可掬的庸醫身邊。
「哎呀，好久不見了呢。要吃嗎？」
庸醫悄悄從桌子底下拿出糖果。
（哪兒來的鄰居大娘？）
「現在不太適合。」
貓貓有禮貌地婉拒。總不能嘴裡含著糖果滾來滾去地聽人說話吧，更何況劉醫官正瞪著她。庸醫沒發現人家已經瞧見他了。
話說回來，劉醫官終於要開口說出貓貓他們被叫來的理由了。看來他決定先把鼓著腮幫子吃糖的庸醫擺一邊。
「我叫你們過來，是為了從你們當中挑出前往西都的人選。」
就是上回壬氏跟劉醫官談過的事情。
壬氏表示想帶上醫官以備遠行之需，而且需要追加兩人。
（說還要兩人，那原本是幾人？）

貓貓當時在場，懷著積極的心態毛遂自薦。不知道最終會不會獲選。可是，不獲選就麻煩了。真的會很麻煩。

「有人想去西都嗎？」

貓貓一面看看周圍，一面想舉手，但有人搶在她之前迅速舉手。

「在那之前，下官有一問。」

既然有人要提問，貓貓不便舉手，只得沒精打采地縮回去。

「前提條件說得不夠清楚。敢問去西都的目的是什麼？莫非是遭左遷了？」

聽說這人在中級醫官中屬於較有才幹的一個。名字記不得了。

（啊——不難理解啦。）

由於已經說過壬氏要前往西都，貓貓就私自認為是遠行。但對於不知內情的人而言，說成左遷也差不多。

（不，搞不好真是左遷？）

左遷……不，之前那語氣聽起來應該是壬氏直接出行，她是認為沒那回事。

可是，看在旁人眼裡卻像是皇上與玉葉后都希望壬氏遠行。東宮出生之後，也許旁人會認為縱然是親生弟弟也會變得礙事。

「什麼——是左遷嗎？」

庸醫狼狽起來，戳戳貓貓小聲地問。

（你都沒聽說啊？）

照理講上級醫官應該已經聽過了解釋。不，有可能因為是庸醫所以被省掉了。也可能是忙著吃糖沒聽見。

劉醫官刻意乾咳一聲。貓貓只得忽視跟她說話的庸醫。

「並非左遷。只是由於山遙水遠，行程將會曠日長久。無論估計得再短，都有三個月回不了京城。」

「……這是表示要開戰了嗎？」

這位中級醫官雖然腦子轉得快，卻只會有話直說。

可能是因為這樣的關係，周圍為之譁然。庸醫也害怕地湊向貓貓，讓貓貓被眾人看得如坐針氈。

「虞淵兄，你且冷靜些。」

羅門戳戳庸醫。

（原來庸醫的名字叫虞淵啊。）

後宮裡大家都是喚他「醫官」，因此沒機會聽到名字。說不定其實聽過了，但老實講貓貓不擅長記住別人的姓名，無可奈何。

（換成那個武官的話一定不會忘。）

她又想起了陸孫。記得聽說他去西都了，所以他才是真正被左遷的那一個。

貓貓從庸醫身邊獲得解放，換成羅門被逮住了。

「到底是怎樣啊，羅門兄？」

「呃……虞淵兄，現在先聽人家說話吧。」

劉醫官已經拿庸醫沒轍到根本不看他了。不得不覺得不識相也是一種才能。

（怎麼都不會丟官的啊？）

實在是太不可思議了。

「有沒有要開戰我不知道。我們的職責是治療病患或傷患，上頭吩咐什麼就做什麼。再說，此番遠行將會規模浩大。」

眾人的反應不是很好。恐怕沒人聽了這些會自願參加。

（這時要是聽到遠行的主要人物是誰，也許大家會有不同反應。）

壬氏可是皇族。醫官的話或許有機會直接說到話。

（但是，官方還沒公布壬氏要去的消息……）

基於身分考量，理當隱瞞到最後一刻。

所以，大概是沒人會主動舉手了。

貓貓安心地想舉手，卻被劉醫官瞪了一眼。
（怎麼回事？）
是叫貓貓現在不准毛遂自薦嗎？難道說他還是覺得貓貓不配？
「沒人舉手是吧。我早就料到了，所以已經挑好了三個候補。是因為還想多找一人，才會招募候補人選。沒人想要剩下的一個位子嗎？」
劉醫官使出激將法，但沒人有反應。上級醫官們可能是早就聽說了，都一副拿這些人沒辦法的表情。
「有——」
有人舉手了。還以為是誰呢，原來是天祐。
「如果都沒人的話，那我行嗎？雖然我還是見習。」
聲調還是跟平素一樣輕佻。無論是支解動物還是支解人體的時候，都不曾改變。
貓貓本以為他遭受燕燕那般的冷言冷語都不受挫，一定是個神經粗得可以的人，但看來並非如此。
最近她常有機會跟天祐說話，漸漸摸清楚了。
天祐大概是情感的起伏遠比他人來得小吧。只是看在旁人眼裡，會因為他伶牙俐齒口才又好，而以為他情感豐富。

之所以愛跟燕燕搭訕，或許也是因為她的反應最冷淡，能引起他的興趣。

（真是不正常。）

不過只要是人都有複雜的部分，沒什麼好多問的。

「還有人自願嗎？」

沒人舉手。

上級醫官們長吁一口氣。

（既然壬氏要去，他們當中一定有人會同行。）

劉醫官得負責監事因此不可能。既是前往西方，知識淵博又懂得西方語言的羅門是個好人選，但貓貓搖搖頭。

（從年齡與體力來說，都太辛苦了。）

羅門成了宦官後，看起來比實際年齡更蒼老。且又被剜去一邊膝蓋的骨頭，不適合長途旅行。

若是已經選出了三人，不知貓貓這邊會如何安排。

（只能相信從一開始就已經列進去了。）

不過還真是可惜。很多人以為西都是邊境，其實並無此事。事實上西方的文化會流入該地，使得這座都市得以蓬勃發展。醫術方面也容易吸收新技術。

（不曉得阿爹會不會去。）

貓貓雖覺得恐怕行不通、應該辦不到，卻仍忍不住這麼想。羅門仍舊被庸醫抓著不放，一臉困擾卻又無法把他推開。

「沒其他人了吧？」

劉醫官一做確認，方才那個模範生中級醫官又舉手了。

「你想去嗎？」

「下官有一問。」

然後，中級醫官望向貓貓。

「那裡怎麼會有個醫官的貼身女官？」

大概誰都想問這個問題吧。可是這時候說這個，似乎略嫌不識相了些。

「這女官破例在場，莫非是被列入了醫官當中？」

（要是有就好了。）

貓貓也巴不得能在這時候聽到答案，但周圍的氣氛很凝重。上級醫官可能是已經聽說了，沒做什麼反應，但中級醫官盯著貓貓，搞得她如坐針氈。天祐看著旁人，表情沒什麼改變。

「沒列入醫官當中，但是會跟去。」

貓貓鬆了口氣，覺得這個待遇很恰當。總之能跟去就行了。

「既是長途旅程，竊以為並不適合帶女官同行。」

中級醫官繼續抗議。

「的確體力是不如男人，但這傢伙剛才已經通過了實技考試，最起碼具有醫官的技術。此外，她的藥學知識恐怕還在你之上。當旅途中藥物短缺時，有個人能不看醫經就用隨手撿來的材料應急，會很有幫助。」

劉醫官雖然嚴厲，但該看的地方都看得清清楚楚。

中級醫官們仍然顯得有所不滿。其中還有人用「通過那個考試？」「這妥當嗎？」的懷疑目光看她。

「這樣你還是不滿意把女人與醫官同等看待並帶她同行嗎？這回隊伍人數眾多，其他職務也會有女官跟來。多幾個助手有何不妥？」

「即使如此，這回是第一次讓醫官專屬的女官同行。更何況竟然還讓女子接受實技考試，縱然是劉醫官也未免……」

（嗯……）

這跟天祐是恰恰相反的性情。儘管多少帶點妒意，但似乎仍有顧慮到貓貓的處境。不識相的發言如果也是為了貓貓著想，雖然值得感謝，但也不免嫌他雞婆。

「這不是我決定的。」

劉醫官講話口氣帶有一絲嘔氣。然後，他說出了可怕的發言。

「漢太尉此番要同行。」

中級醫官們頓時一陣騷動。

貓貓全身汗毛都豎了起來。往羅門一看，只見他滿面愁苦地注視著貓貓。

貓貓不是燕燕，但牙關一樣差點格格打顫。

「你們照顧得來嗎？」

由於劉醫官講話的語調幾乎是死心了，誰都沒再反駁。能不能把這項機密情報說出口有待商榷，不過以這人選而論怎樣解釋都行。

可是，貓貓沒多餘心思想得那麼深，腦袋瞬間就沸騰了。

（那個混帳！他早就知道了！）

貓貓許久沒把壬氏看成水窪裡泡脹的蚯蚓了。

然而禍不單行……

「五日後出發。給你們放假做準備工夫，別忘了跟別人辭別還是什麼的。」

貓貓驚得嘴巴都合不攏。

十五話　旅途準備

五日後出發。

事情來得突然，貓貓只得火速做好一切準備。得採買東西，還得跑遍各處把事情講好。

（不，也許不該到處張揚遠行的事。）

本來是這麼想的，但聽說事情已經通知了四方，不成問題。

（絕對得跟老鴇說一聲。）

否則回來時，肚子又得挨拳頭了。

於是她來到了綠青館……

「哦——是喔。伴手禮就龍涎香吧。」

（我哪有法子啊。）

這東西正如其名，是龍的唾液形成的香料，不過實際上似乎不是。價格非常昂貴，也能入藥，可止心痛。

「喂，怎麼又要去啊！這怎麼回事啊！女官都這樣成天遠行的嗎！」

至於鬼吼鬼叫的不用說，自然是見習藥師左膳了。他淚眼汪汪地訴苦。

「抱歉，你自己想法子吧。反正克用也在，有什麼事也可以聯絡阿爹。」

貓貓只給他一張簽了她名字的紙了事。

左膳看到有客人上門，就不情不願地回去藥舖了。

（其實他比他自己想的做得更好。）

只是太愛擔心了。或許天性就是比較自卑。

「哎呀呀，去西方怕不要曬黑了啊。」

綠青館的大姐白鈴做出溫吞的反應。她今天肌膚格外有光澤。

（是昨天來了貴客嗎？）

對於這位色慾不是普通地深重的小姐來說，不是錢給得多就是貴客。昨晚的客人一定是位肌肉結實、一柱擎天的官人吧。

「來，這可不能少。每日起床時搽臉，睡前再洗掉。」

梅梅把一個好大的陶器放在貓貓眼前。裡頭裝的大概是面脂吧。

「我不知道能不能洗臉耶。」

西都山遙水遠。無論在陸路或是海路，恐怕都會缺水。

「竟然要把貓貓帶去那種地方，真不知是哪兒來的蠢人。」

（就是您也見過的蒙面貴人。）

女華講話有些帶刺。

綠青館三姬全到齊了。

「我擔心死了～貓貓。我看還是別去了吧？」

白鈴小姐緊緊摟著她。大概是昨晚真的充分地活動了筋骨，體溫還有點熱。

「我們死命賺來的錢都被大官當旅費了是吧。」

女華只差沒啐口水。

「說這什麼話呀。就是要有那些個大官，咱們的買賣才做得起來呀。努力把錢再挖回來就是了。」

梅梅笑得爽朗，講話倒很嗆辣。

「再說，擔心是擔心沒錯……」

梅梅悄悄望向窗外。

「但若是有人敢傷害貓貓，有個跟去的人不會放過對方對吧？」

她表情憂愁，眼睛轉回貓貓身上。

「梅梅小姐，妳話講得委婉，但其實最教人擔心的就是這件事。」

也就是怪人軍師要去。

貓貓不知道他為何要跟去。至少要是西都那邊知道他是怎樣的人，早該拒絕了。
（有什麼原因無法拒絕？總不會是特意請他吧。）
怪人軍師的話就算幾個月不辦公，部下也會好好辦，想必不成問題。
怕的是他會在路上惹麻煩。
光是想像就令人頭痛。
（是為了這個才來利用我嗎？）
貓貓不由得咬牙切齒。只能怪貓貓忘了他原本就是為達目的，不惜利用一切的人。
反過來說，他這種自後宮時期就不曾改變的用人方式，卻也讓貓貓稍稍鬆了口氣。
立於眾人之上的人絕不可心軟。
壬氏的行為有時會囿於情感，但貓貓相信其中還是留有理智。她寧可如此相信。
（不，想得美。）
貓貓即刻否定此種想法。要不然他也不會引發什麼烙印騷動了。
可是，也不能什麼事都怪在壬氏頭上。
真要追究起來，人選或許不是壬氏挑的，可能是情非得已。
只是不管怎樣，都是給貓貓找麻煩罷了。
貓貓收好梅梅送她的面脂。

「喂，麻子臉。」

背後傳來小鬼頭囂張的聲調。

「幹麼啊，趙迂？」

貓貓不耐煩地轉過頭去。

「笨————蛋————」

只丟下這句話，囂張死小鬼就跑掉了。雖然由於身體留有部分麻痺而一瘸一拐的，但看得出來活力充沛。

小妹梓琳也衝著貓貓吐舌頭，然後跟著趙迂跑掉。

「什麼意思啊？」

「貓貓，就跟妳說趙迂很寂寞嘛。」

「是喔。梓琳還是一樣黏著趙迂？」

「那是最近才故態復萌的。」

梅梅一臉的傷腦筋。

「故態復萌？」

「那孩子不是有個姊姊嗎？就是妳跟梓琳一起帶來的姑娘。原本在做見習娼妓，但從今年年初開始接客。」

「是這樣啊。」

綠青館常有女子進出，所以貓貓沒去一一確認。

「不會太快了嗎？」

貓貓模糊地回想起那個骨瘦如柴的姑娘。

「十五歲了。讓她吃過幾頓飯後肉都長出來了，沒多久那些常客就看中了她。其實她天生麗質，大概是來到這兒之前有一頓沒一頓的吧。」

本人也很有上進心，好像說是想早點登臺亮相。

作為她的妹妹，心情想必很複雜。

「歌舞是還不成氣候，但我看那丫頭很有前途喲。」

「有嗎？我是覺得有點鋒芒畢露，不是很好。」

聽女華這麼說，白鈴哈哈大笑。

「給自己取名叫『女華』還好意思講──」

這不是爹娘給她起的名字。有時老鴇會給娼妓取名以捨棄過往，但她是自己把創世女神的名諱稍作改動來用。而且用的還是「華」這種誇張的字。

「我娘說過我爹是個王公貴人，所以我也有權使用。」

這是她的說法。

（能用「華」字的郎君……）

只會是皇族。這樣算來，年齡上只有先皇可能是她爹，但貓貓當然知道這是不可能的。

女華小姐看到上當的母親，心中不知作何感想。貓貓不禁猜想她可能也是因此才討厭男人。

老鴇也沒好到哪去，就讓她用了此一鋒芒畢露的名字。

（可怕可怕。）

貓貓不在，綠青館一樣會繼續運作。這是個盡是女中豪傑的處所，男子們也算挺堅強的，想必不會有事。

貓貓長吁一口氣，就去做下一個準備了。

買完東西回宿舍時，太陽早就下山了。

（接下來可能才是最大的問題。）

貓貓大大做個深呼吸，然後進了宿舍。

就聽見菜刀切菜的咚咚聲。

（還在練。）

貓貓探頭偷看廚房。

姚兒在燕燕的指導下，正在切雞肉。
儘管刀法還有些生硬，但已經不像日前力道猛到差點連骨頭一併剁斷，看上去挺有模有樣的。
「……」
「……」
姚兒專心處理雞肉，沒注意到貓貓。燕燕注意到了，用眼睛對貓貓說話。
（意思是現在正在專心，別來打擾吧？）
貓貓往自己房間走去時，宿舍大娘從走廊另一頭過來了。
「貓貓，聽說妳要遠行幾個月？房間我會給妳留著，要不要幫妳打掃？」
大娘的嗓門很嘹亮。當然廚房裡似乎也聽見了，「好痛！」「小姐！」貓貓聽見了千篇一律的對話。
她從門縫間悄悄露臉確認，就看到了一如所料的景象。
「啊啊，小姐不可以。請不要含住手指，生雞肉是很毒的。奴婢這就為您包紮。」
縱然是可食肉類，生肉有時還是會帶有毒素或蟲類。
「燕燕，我覺得做過頭了。」
在姚兒的手被白布條裹得密不透風甚至是動彈不得時，貓貓出聲了。

說話是說了，姚兒卻板著一張臉。貓貓知道那是有話想說的表情，無奈貓貓不是很善於與人相處，不知該如何對她開口才好。

姚兒還在學如何使用菜刀，不太可能已經讓劉醫官叫去接受特別講堂。

「……抱歉，我會有一陣子不在。」

「我知道了。」

值得欣慰的是燕燕神情有些寂寞，但也只有一瞬間，接著就浮現出難以言喻的表情，好像在說：「這下就能跟姚兒小姐獨處了。」幸好姚兒低著頭沒瞧見。

貓貓認為姚兒應該也明白。她很聰明，理智上已經理解了，只是心情還難以接受。

（畢竟才十六歲嘛。）

比貓貓小了四歲。

貓貓心想無可奈何，正要回自己房間時，就聽見咚！一下好大的跺地板聲。

「貓貓！」

「何事？」

呼吸粗重到好像山豬在用鼻子噴氣。姚兒站起來，露出下定了某種決心的神情。

「小姐……」

不知是從哪裡掏出來的，燕燕拿著兩把團扇，上頭寫著「姚兒」、「加油」。這個侍女小花招真多。

姚兒再度大呼一口氣，接著站到了貓貓面前。

「來，小姐。」

燕燕悄悄將一本冊子拿給姚兒。

「嗯！」

姚兒把這冊子塞給了貓貓。

「這、這是何物？」

「還、還能是什麼……」

燕燕從旁救援難以啟齒的姚兒。

「日前，我們給那個書庫裡的書做了抄本。我們盡量收集了些教本裡沒有的事例，應該也有些內容是貓貓不知道的。」

「咦？」

（這麼好？我想要。）

「我、我可以收下嗎？」

「就、就說了要給妳了嘛！」

姚兒有些惱羞成怒地回答，但她可沒說過。

不過，不拿白不拿。貓貓馬上開始翻閱內容。

「喔喔！喔喔喔喔喔喔……」

「喂，不要現在就看啦！我、我先聲明，我可沒做多少事喔。是燕燕拚命要求我，所以我只寫了一點點！只幫妳抄了一點點而已啦！」

傷腦筋，這姑娘真是又傲又嬌。

很不巧，貓貓認得姚兒與燕燕的筆跡特徵，而且也還算好心，不會戳破抄寫的人是誰。

「謝謝姑娘。」

貓貓客客氣氣地低頭致謝，還忍不住握住了姚兒的手。

老實講，她高興到鼻涕都快流出來了。

「……哼。就在旅途中供妳解悶吧。」

姚兒雙頰飛紅，小聲地回答。

燕燕在她背後凝視著兩人握著的手。

「我會買伴手禮回來當謝禮的。」

「誰跟妳要了啊！」

姚兒照樣板著臉，又站回到砧板前。

「在受傷的狀態下，人家不會讓妳切任何東西的，還是先來處理傷口吧。」

要是放燕燕一個人替她處理傷口，她可能會被白布條包成個木乃伊。
姚兒乖乖讓貓貓幫她療傷，只是燕燕有點可怕。

十六話　船旅

出發當日，貓貓揹著一大包行囊上了馬車。

（好像教人感慨良深，又好像稀鬆平常。）

神色如常的燕燕與有點鬧彆扭的姚兒為她送行。貓貓雖感到有些寂寞，但她相信自己不用多久就能回來了。

醫療器具一應物品都另外備妥裝好了。其他所需物品也都有人幫她運送，因此手邊只有替換的衣物，以及姚兒她們替她做的抄本。貓貓屬於不會暈車的體質，打算在閒暇時看書消磨時光。

（只聽說有四名醫官會去……）

結果到最後，還是沒人肯告訴她有誰會去。讓她不禁瞎猜會不會是有事必須隱瞞。

只是一坐上馬車，她就知道其中一人是誰了——

「哦——那就是我們要搭的船嗎？」

天祐從馬車探頭往外望。由於到頭來只有他毛遂自薦，其實貓貓也早就猜到了。

（竟然讓這麼個新人上場——不過我也沒資格說別人就是。）

雖然沒被算進醫官人數，總之貓貓也被選上了。四名醫官加上一名醫佐。劉醫官說過人手不夠，所以這應該是深思熟慮後的決定。

貓貓終究只是醫佐，這點必須銘記在心，同時也不能忘了正事。

由於皇弟壬氏與怪人軍師都要來，此番旅程的規模比前次更大，眼前並排著三艘大帆船。之前只聽說將取道海路，但它們是貓貓看過最氣派的船。每艘船各有四、五根桅杆，還看得見大砲。從形狀來看，應是大幅採用了西方技術，但又用莫名鮮豔的紅、綠與金黃色彩強調荔船的特徵。

雖不知船內有多大，但粗估應該能容納數百人。擠擠的話搞不好可容納千人。

「會比陸路快嗎？」

貓貓不由得說了出口。從距離而論自然是海路繞遠路。但長處在於只要順著海流就能日夜兼程。

前次自西都歸返時也是坐船，不過這次走的不是河川而是海洋。

「八成是因為行囊多吧。王公貴人又得逗留很長一段日子，更何況伴手禮也多。」

忽然間聽見了某人低沉陽剛的聲音，原來是一位上級醫官。此人蓄著鬍鬚，臉孔帶著一絲野性味道。醫官理應屬於內務，此人的皮膚卻像是被太陽曬成了淺黑。從較淡的髮色來看，說不定是與異國人的混血。
貓貓記憶中有這個人，但不是配屬在同一個尚藥局，所以記不得名字。
正是被選中的四名醫官之一。
「……原來是這樣啊。」
平常可以隨便敷衍過去，但今後得記住名字才行。晚點得去查一下了。
「此次旅途當中，基本上是我來發令調度，多指教了。」
貓貓覺得這人屬於很不拘小節的性情。照劉醫官的作風，會選上此人一定是考慮到了心性問題而不只是技術。從整體氣質來看，說不定是西都出身。
「另外兩個醫官已經在船上了。我搭最前面那艘船，天祐是最後面那艘，咪咪是中間。中間那艘船還會再多一名上級醫官。」
「……」
是否該跟他說叫錯名字了？可是貓貓也不記得人家的名字，似乎沒資格糾正別人。
「那個，小女子有一問。」
「什麼問題？」
「小女子搭的那艘船上還坐著哪些人？」
貓貓臉孔抽搐，氣勢洶洶地說了。

「中間的船坐的是身分最高貴的大人，就是年輕的那個。看船身那麼豪華想像不到嗎？」

中間的船最大，也最精緻漂亮。

「年輕的那個……」

她應該為此鬆一口氣嗎？換言之似乎是壬氏，而非怪人軍師。

（雖然早就猜出來了。）

但這樣的話，問題就在於是哪位醫官跟他們一起。假如壬氏只把貓貓叫去，會引來奇怪的疑心。

「至於漢太尉那邊，聽羅門兄所說，在跟著船隻搖晃時會比較安分，只須給些止暈藥與補給營養的果子露就行了。」

「是這樣啊。」

竟然會暈船，看來體質跟羅半幾乎一樣。原來不只會酒醉，也會暈船。

「聽人家介紹過船上了沒？」

「聽了。說是船上有設藥房，必需的用具都準備在那兒了。又說基本上也是在藥房裡睡眠起居。」

「沒錯。不過咪咪妳想在侍女們的房裡睡覺也行。」

「還是讓小女子睡藥房吧。」

既然壬氏來了，侍女應該也帶上了——

（不曉得水蓮有沒有跟來？）

水蓮是初入老境的婦女，長途旅行想必難熬。若不是她，貓貓只想得到馬閃的姊姊麻美。

（好像有聽說她有孩子，又好像沒聽說。）

若是做母親的，就很難拋下孩子長途旅行。貓貓東猜西揣，又覺得沒差，反正一定有其他侍女。她想人選一定是細心挑選的，不過最好還是保持距離以策安全。

「其他細節就問另一名上級醫官吧。」

（不是，跟我說是誰啊。）

怪人軍師的情報都公開了，為何醫官卻得保密？貓貓感到很不可思議。

「咦——前輩你也來啦？」

天祐一邊上船，一邊叫道。

「怎麼，不滿意嗎？」

還以為是誰呢，原來是日前頻頻找碴的中級醫官。看起來像個模範生，但這好像反而帶來了壞處。當然，貓貓不知道他叫什麼名字。

（不是他。）

貓貓上船想看看另一人是誰。

在船上，船員正在忙碌地幹活。

（那就是王公貴人的房間嗎？）

甲板上立著一棟豪華的房舍。看起來通風良好，且裝飾精美。若是只看那一塊，跟皇族的離宮沒多大差別。

（雖然看起來最舒適，但也最容易遇襲。）

貓貓步下階梯，來到船艙內部。潮溼的空氣黏在肌膚上。可能是為了讓室內通風，底下沒用牆壁隔開，只做了點形式上的隔間。

（官員們大概得在這兒擠大通鋪吧。）

飯也是一起吃。船夫是另外雇用的，官員們到時候會閒著沒事做。在沒事可作娛樂的船上，可能會更盛行下棋了。

船身也設置了砲塔，可作為戰艦使用。

用牆壁清楚區分開來的幾處想是侍女或其他高官的房間了。從男女比例來想，男子遠多於女子。看得出來是不願讓男女擠大通鋪，以免有人起歪念頭。

（好像越來越好玩了。）

雖然知道今後每天都得待在這兒待到膩，但忍不住想四處探索乃是人之常情。牆上各處掛著粗繩或木製浮具。

船採用三段構造，再加上王公貴人的房間似乎就成了四段構造。

再往下一層也幾乎是同樣構造，不過有藥房與廚房。藥房最後再逛，她先檢查廚房。裡面放了好幾個水桶，還有爐灶，精心設計得能讓黑煙往外散出。

（在船上用火很可怕耶。）

雖然周圍用的是不易燃燒的材料，但還是得謹慎點。

廚房考慮到乘船人數的話算是非常小，大概幾乎都是用來煮王公貴人的膳食就結束了。像貓貓這種下人能吃到溫溫的湯就算不錯了。

吃了該吃的東西，該出來的就會出來。

貓貓好奇茅廁設置在哪兒，發現船頭圍起了一塊地方。大概是在那邊方便，就會噗通一聲直接掉進海裡吧。可千萬別讓自己掉下去了。

最下面一層放著各類物品。有砲彈、水、糧食以及像是要帶去西都的伴手禮。她發現甘藷也混進了其中，差點沒覺得傻眼。想也知道是誰推銷的。

（保存得了嗎？）

貓貓探頭往木箱裡偷看。薯芋埋在稻殼裡，算是當成除溼對策。

大致上都繞過看過了，貓貓進入藥房。這兒做了牢固的牆壁，有人生病時可以做隔離。開門一看，一個輪廓柔和的人坐在椅子上。

「……」

她一瞬間還以為是阿爹羅門——

「哎喲，小姑娘。」

只聽見一個輕鬆自在的熟悉嗓音。本來應該待在後宮的人物就坐在那兒。正是庸醫。

「……是醫官大人嗎？」

之所以句子後頭加了問號，是因為庸醫的正字商標八字鬍不見了。光溜溜的，真的只能說光溜溜的。

「哇！別盯著瞧嘛，多害羞啊。」

庸醫羞紅著臉噘起嘴巴。做出的反應跟瀏海剪太短的年輕姑娘如出一轍。

「您是怎麼了？竟然把自豪的鬍鬚剃了。」

「嗚嗚，人家叫我剃的。說宦官長鬍子怎麼說都很奇怪。」

「哎，是很奇怪沒錯。」

宦官由於切除了男子的象徵，會失去男人的身體特徵。鬍子與體毛都會變少，但當然也有例外。據說有些人身上仍會保留部分的男子象徵。

庸醫雖是宦官卻仍然會長鬍子，他似乎引以為傲，常常摸他那寒酸的鬍鬚。

「但話說回來，醫官大人您怎麼會來？」

「因為後宮目前沒有娘娘需要留心照顧嘛。上級娘娘也就梨花妃了，他們說那樣的話有羅門兄就夠了。雖然聽說好像有新妃要來，結果又說不來了。」

是指玉葉后的姪女嗎？看來果然是沒有要入宮。

（啊——絕對是左遷啦。）

劉醫官真是夠精明。

既然說前往西都的醫官太少，於是就準備了壬氏請求的人數。找了一個可靠的上級醫官，最起碼還得再找一個上級醫官才不顯得難看。

既然如此就用上了擁有上級醫官頭銜的庸醫，算是做個形式。

然後讓貓貓苦學死記醫官知識，或許也是考慮到她跟庸醫特別處得來。或者是恰恰相反，因為貓貓要來才帶上了庸醫。

「呵呵呵，我這還是頭一回乘船旅行，心裡噗噗跳個不停呢。雖然不知道之後會怎麼樣，但跟小姑娘在一起的話一定很開心。」

庸醫的厲害之處，大概就在於這種性情吧。

還有，貓貓總覺得他別的沒有，就只有運氣好到似乎事事都能化險為夷。也許是被某種莫名其妙的東西喜歡上了。

「那就馬上來喝個茶吧。得去燒水才行。」

「擅自使用爐灶可能會挨罵的。」

「是喔？那就用火盆……」

「在這兒燒炭恐怕會窒息。」

船艙空氣不流通，會發生不完全燃燒現象。有窗戶但是很小，房間本身就很昏暗。

庸醫的眉毛下垂了。

「莫非乘船旅行其實有諸多不便？」

「這是自然。」

庸醫大失所望，整個人撲到與地板釘死的床上，把臉埋進去。

「嗯——床也好硬喔。」

「這沒法子，請您將就點吧。不用跟大夥兒擠大通鋪就算不錯了。啊，我把東西放在這個櫃子上喔。」

貓貓把替換衣物放進櫃子裡，然後翻開姚兒送她的書。她占據了窗外光線正好射進來的位置，把床當成椅子坐下。

「啊——小姑娘妳要看書啊？」

「好像還要一會兒才會出發。到時候應該會有人來叫人吧？」

「唔……」

庸醫遺憾地鼓起了腮幫子，悄悄拿出攜帶式的棋盤。

「無所謂，我也可以解殘局。」

不用說也知道，拿出的書是怪人軍師的圍棋書。

船結束了類似出航典禮的儀式，就出港了。王公貴人……主要是壬氏做了某種祭祀的主祭，但貓貓只是漫不經心地望著。怪人軍師偶爾會在一旁東張西望，於是貓貓中途就下樓躲進船艙裡了。

船旅雖很難說舒適愜意，但比原先想像的好多了。至少遠比前次順河而下的時候來得好。

（聽人家說，古時候好像還得啃長蟲的麵包。）

說是為此會在旁邊放生魚，等引來蟲類之後再吃。

貓貓雖然敢吃蝗蟲與蛇，但可不樂於去吃長蟲的麵包。

（哎，反正也不是那麼漫長的旅程。）

對貓貓來說是很漫長，但並不是要在船上度過幾個月的時光。頂多也就半個月，途中好像還會停靠幾個港口。船旅的第一餐是肉粽、魚湯與柑子。大概因為是第一天，所以飯菜比較豐盛吧。

「竟然還有水果可吃，真教人高興呢。」

庸醫笑容滿面，剝皮吃柑子。

貓貓早就吃完了，正在用齒木（牙刷）刷牙。

貓貓大略可以猜出提供柑子的理由。

「據說乘船旅行容易缺乏蔬菜。」

「也是喔，畢竟不耐擺嘛。」

「會造成營養不均衡，容易生病。」

「嗯嗯，得吃得均衡點才行呢。」

不知道庸醫到底是聽懂了，還是沒聽懂。

「不過話說回來，咱們這兒好閒喔。都沒有病患上門來。」

（呃，在後宮的時候不也一直是這樣？）

貓貓一面在心中反駁，一面漱口之後從窗戶吐掉。也許人家會罵她粗俗，但外頭就是大海，這樣做最快。

「沒人受傷生病自然是最好的了。」

貓貓悄悄望向藥房的櫃子。以船上來說備藥挺豐富的，多為用來醫治基本病症的藥草，以及治療船上特有疾病的藥。再來就是外科處置一類的外用藥。

貓貓盯著庸醫瞧。

「小女子可否問個問題？」

她對此事一直很好奇。

「醫官大人以前似乎怕見到屍體，那您是如何通過考試的？」

「考試？嗯，我可是有通過醫官考試的喔。」

庸醫鼻子哼了一聲，拍拍胸脯。

貓貓冷眼盯著他。

「呃……您是說筆試嗎？」

「哎，是啊。說是後宮缺個醫官，就從宦官裡挑人去接受了醫官考試。其中只有我考中。」

庸醫更加得意起來。據說成為宦官的人，常常是當不成文官或武官，放棄了才會走這條路。又聽說其中也有很多是遭到夷狄去勢的奴隸。坦白講，貓貓明白其他宦官為何考不中。只因許多人本身就不算聰明。

醫官不會不惜成為宦官也要在後宮效力。所以上頭才會想從宦官裡選醫官，誰知期望卻落空了。
「之後的實技考試呢？」
「咦，實技？嗯——好像有考過什麼又好像沒有……對了，人家有叫我支解一隻雞。」
「然後呢？」
「當時我真不知道該怎麼辦。我想把雞勒死，結果牠往我額頭一撞把我打昏了。」
「……」
奇怪了，很容易就能想像那情形。
「人家也叫我去支解一頭豬，可是那豬用一雙大眼睛望著我，我實在下不了手。」
不用說也知道。
太容易想像了反而覺得可怕。
「……是這樣啊。」
大概是差不多到了這時候，長官們就斷了讓庸醫成為真正醫官的念頭了吧。可是為了在後宮給嬪妃看診，不得已才給了一個有名無實的官職。
「後來就沒有宦官成為醫官了嗎？」
她本以為多舉辦幾次考試，應該會有更像話的人成為醫官……
「這是因為啊，皇太后不是蓋了個聚集後宮宮女的樓房嗎？」

「是有這回事呢。」

先皇的妾室都聚集在該處。據說蓋那棟樓房是為了保護那些無法離開後宮的女子，沒想到卻遭到利用，成了子字一族叛亂的幫凶。

「醫官告缺的期間，那兒就多出了病坊的功能。我一進尚藥局就被她們當成眼中釘，極力反對從宦官裡頭選出新醫官……」

「啊——」

貓貓聽出來了。病坊裡的那些宮女，比莫名其妙的庸醫更具有醫者的知識。

「她們抗議說不需要新的後宮醫官，結果再從宦官裡選醫官的事，就不了了之了。」

於是庸醫就成了唯一一個後宮醫官。

（這人完全是靠運氣活著的。）

她不禁心想，下次也許可以讓他抽個彩票看看。

「記得是深綠大姑娘吧，整件事就是她起的頭……」

庸醫目光飄遠。

記得深綠是宮女聚集的病坊裡的一名中年女子。聽說她與子字一族的子翠等人勾結，幫助她們溜出後宮。甚至還聽聞她在受到審問時試圖自盡，後來的消息就沒聽說了。

（反正無論死了沒有，都不能免於處死。）

大概是上頭認為沒必要告訴貓貓吧。
庸醫也刷完了牙，就開始準備診療器具。
「好了，每日一回的出診時候到了。按照規定吃過飯之後就得去。」
至於對象，自然是王公貴人了。
「呀——好久沒見到壬總管……呃不，是月君，害我好緊張喔。」
貓貓好久沒從別人口裡聽到「壬總管」這個稱呼了。他變成……說錯，變回月君已經過了一年以上。
「是呀。」
只是作為宦官接觸的時候，庸醫一樣是滿臉通紅就是。
（嗯——）
總之貓貓按照規定得一起跟去，但總有種難以言喻的心情。
壬氏的房間內部，其豪華程度不是其他船艙所能比擬。
（通風良好，房間也夠寬敞。而且光線明亮。）
當然，前提是以船上房間來說。貓貓看看人家讓她進去的房間，心想住在這般氣派的地方一定很舒適。

「來，這邊請。」

她聽見沉穩的女子嗓音。

（船旅對她這年紀的人來說應該很辛苦啊。）

可是，大概是沒其他人選了吧。正是初入老境的侍女水蓮。

水蓮神情自若地讓庸醫入室，但目光一與貓貓對上，嘴角瞬間揚了一揚。

（嬤嬤辛苦了。）

另外還有兩名侍女。

她們僅看了庸醫一眼，隨即眼睛轉來打量貓貓。

（果然是精挑細選的人選。）

感覺只是觀望情形，想掌握現況。她們沒有立刻暴露出敵意，贏得了貓貓的極大好感。

一個差不多四十來歲吧。從年齡來說也許曾為壬氏的奶娘。

另一人她有見過。就是最近常在壬氏離宮看到的侍女，單名一個雀字。

（這個姑娘說來說去，大概也很能幹吧。）

不過似乎還是老樣子，偶爾會做出奇怪的動作。

以皇弟的侍女來說全都只能說樸實無華，但很符合壬氏的作風。假如燕燕照之前那樣繼續伺候壬氏，不知是否也會參加這場船旅？貓貓邊想邊走進屋裡深處。

「失、失哩了。」

庸醫一開口就舌頭打結。

在屏風的後頭，壬氏坐在椅子上等著他們。祭祀用的服裝已經換下，變成了比較輕便的衣著。

「久違了，醫官閣下。那就有勞了。」

壬氏輕輕伸出手臂。房間裡飄散著香料芳香，但感覺最香氣襲人的就是壬氏。

再加上面對的是庸醫，後宮時期那種光豔溢目的壬氏風采發揮了個淋漓盡致。

（這樣就算不是庸醫也會緊張吧。）

「係～」

貓貓從旁看著庸醫的慌張模樣；要是八字鬍還在的話一定跟著亂顫。

說是出診，好像也就只是把脈問話而已。

（沒對庸醫寄予太大期待呢。）

貓貓心想說不定就是為了這原因才會派庸醫來，不禁開始可憐起這個庸醫。庸醫不會察覺到壬氏的異狀，更沒膽扒掉他的衣服察看身體。

水蓮在各方面經驗老到，就算沒有庸醫看診應該也能照常管好壬氏的健康。

為防萬一，貓貓仔細瞧瞧有無異常之處。雖說就算庸醫再怎麼粗心，應該也不會突然與壬氏做身體接觸，例如掀起衣服看他的側腹部之類。

「沒、沒奢靡問題。」

庸醫從頭到尾沒講好一句話。

「勞駕了。今後請你每日到訪。」

「係～」

庸醫把幾乎都只是帶來沒用上的用具收好。

壬氏還在看著庸醫。當庸醫抬起頭來時，他加強了豔絕全場的光環。

（這是在幹麼？）

壬氏的背後有薔薇在飛舞。

「醫官閣下，您似乎剃了鬍鬚呢，很適合您。」

庸醫心裡開始小鹿亂撞了。周圍可以看到某種輕飄飄的東西。

「醫官閣下本為後宮醫官，讓你跟著乘船跋涉使我十分過意不去。但這是重要的職責，希望你能陪伴我走完這一趟。」

「這、這是自然。」

庸醫眼睛變得水汪汪的。完全是一副聽信了壬氏說法的神情。

貓貓只覺得在看一場鬧劇。包括水蓮在內，周圍侍女也都一臉無趣。但現在最重要的，是庸醫相信了這套說詞。

「船上其他人也知道醫官閣下是宦官。假如宦官身分給你帶來了任何不便之處，還請務必說出來。」

「一、一定。」

「還有……」

庸醫都快要淚流滿面了。只見他漲紅了臉頰，背後都快要一片花團錦簇了。

壬氏用含憂的眼神，輕瞄了一眼庸醫。

貓貓眼睛半睜著看他，一心只希望這場鬧劇快快結束。

「醫官閣下名喚虞淵是吧？」

「正、正是。」

（是叫這個名字呢——）

「這艘船上醫官閣下只有你一人。為了表示敬意，我希望能喚你『醫官閣下』而非直呼名字，好嗎？」

「榮、榮幸之至。」

庸醫一句否定的話也沒有。反倒還一副希望他這麼稱呼的態度。

（怎麼看都懷有鬼胎。）

「有件事想請醫官幫忙。」

庸醫收好用具時，水蓮來找庸醫說話了。

「能否每日也為我們看診？這不需勞煩到醫官大人，就請那邊那個醫佐姑娘代勞吧。」

（啊——來這套啊——）

貓貓偷瞄一眼庸醫。

「醫官大人是個大忙人，請您先回去吧。」

「就照您的吩咐。」

庸醫跟水蓮講話就不會口齒不清了。

「那麼，小姑娘，後面就麻煩妳嘍。」

她從庸醫手中接過裝著醫療器具的佩囊。

「是。」

貓貓語調平板地回話。

她目送庸醫離去。等完全連一點腳步聲都聽不見後，一轉頭就看到散發陰沉氛圍的壬氏。

貓貓險些從鼻子裡發出冷笑，水蓮馬上一掌拍過來。

「要不要喝點什麼？」

雀仍舊客套地詢問她。
「茶就不用了。」
「是。」
雖然長得很難說是美麗動人，但看了反倒心情平靜；這樣講或許失禮了。
（世上美人何其多。）
水蓮往昔想必也是位大美女，如今仍風韻猶存。
另一位四十來歲的侍女相貌雖較難親近，但也頗具姿色。
「水蓮嬤嬤說她晚點再看，可否請妳先為我看診？」
四十來歲的侍女輕輕伸出手來。
（嗯？）
奇怪，總覺得似曾相識。
若是再年輕一點……
「哎呀，我的臉上沾到什麼了嗎？」
容貌帶點猛禽的神態。絕對有在哪兒見過。
「貓貓，桃美是馬閃他們的母親。」
「母親？」

既然是馬閃之母，也就是——
「妳是否見過馬閃的姊姊麻美？」
正在想是像了誰呢，就是麻美。也就是之前幫忙送烘焙點心過來的女子。麻美若是再過二十年，想必就會跟這位名喚桃美的侍女長得一模一樣。
「呃……」
像這種情況，是否應該說「受關照了」？不，貓貓可沒讓馬閃照顧過，也沒受過麻美的照顧。
不，等等，有位人士倒是照顧過貓貓。
「平日高侍衛對小女子照顧有加。」
就是那個勤懇的男子。既然對方是馬閃等人的母親，自然也是高順的妻子。
（啊！慘了。）
以前貓貓曾跟高順推薦過煙花巷的娼女。當時高順也說過他懼內。
貓貓的所作所為應該沒被揭穿，但總感覺有些尷尬。
「是這樣呀。那太好了，外子此番旅途也來了。」
「高侍衛也來了？」
貓貓偷瞄一眼壬氏。目前周圍沒看到高順的人影，會不會是在船上巡邏？門口有人護衛，但房間裡盡是女子讓貓貓有點不放心。

「那麼馬侍衛呢？」

「犬子這次走另一條路去西都了。他走陸路。」

（另一條路？他不會吵著要跟嗎？）

壬氏最近已經躲著馬閃，這樣就算馬閃再遲鈍也不可能沒察覺。

「好像是有別的任務在身呢。」

桃美遮著嘴呵呵地笑。臉上浮現有些取樂的表情。

（又是個什麼任務來著？）

她有點想問，但現在還是辦正事要緊。

「請讓我看看您的手臂。」

「好。」

貓貓執起桃美的手臂，為她把脈。脈象正常，看來健康無病，只是有件事讓貓貓在意。

「……」

桃美的左右眼睛顏色似乎有些差異。

「怎麼了嗎？」

「沒事。」

眼睛的動作也是，看起來似乎左右有點落差。貓貓沒多想就轉動左手給她看。接著轉動右手，桃美的視線就跟著動了。

（是右眼失明嗎？）

有人天生左右眼睛不同色，也有人是後天因素使得眼睛變色。以後者來說，失明是常見的原因。

「啊！姑娘剛才可是對我試了一試？」

桃美似乎發現到貓貓的反應了，向貓貓指著右眼。不愧是高順的妻子，真是觀察入微。

「失禮了。平日生活會不會受影響？」

「請別介意。很久以前就看不到了，已經習慣了。」

「明白了。那麼，身體有沒有任何異狀？」

「都很好。」

「也請讓我為您看一下眼睛與舌頭。」

貓貓把她的下眼瞼往下按，看看眼睛。右眼的確已經失明，呈現混濁的白色。很多人會隨著年老而使眼睛混濁發白。但她說很久以前即已失明，那就可能是受傷所致。

「船旅較容易顛簸，請多加小心。」

「我知道。」

貓貓覺得講這話是廢話了，稍作反省。

「比起這個，姑娘不覺得月君的侍女，都不夠青春美麗嗎？」

桃美丟出了一個難以誠實回答的問題。

「要是小女麻美願意過來，我這老太婆也就不用出面了。但又不能讓她把家眷都帶來。」

「哎呀？桃美妳是老太婆，那我豈不是魚乾了？」

水蓮挑語病挑得飛快。

「我都有三個孫兒了，也不便再裝年輕了吧？」

竟然敢正面對水蓮的反駁回嘴，可以感覺出某種潑辣性子。

貓貓彷彿看見了火花啪茲啪茲地迸散。

看來壬氏的周圍，只會留下極少數經過千錘百鍊的女子。

貓貓很想快快結束看診，於是來到下一名年輕侍女面前。

「小女子名喚雀。」

「是，小女子知道。」

「不必多禮，就叫我雀姊吧。」

還對她正色說道。

「……是。」

果然是個性質不同於一般的女子。既然是高順的媳婦，自然也是桃美的媳婦。性情強悍的婆婆，配上無拘無束的媳婦，這能合得來嗎？

雀有著丸子般的鼻子與小眼睛，且肌膚偏黑，可說人如其名。

（雖然長得不美……）

但重新端詳，會發現是張容易親近的容顏。與其侍奉皇弟，更適合擺攤做買賣。

「雀是我媳婦。」

桃美向貓貓解釋。

「高侍衛已跟小女子說了，說是與大公子成婚。」

「是，不是馬閃，是馬良。雖然我也想叫馬閃早日娶妻就是。」

桃美又露出了方才那種有些取樂的笑容。

高順全家沒一個平凡人。

「既然有這機會，就順便跟妳介紹一下我家大兒子吧。」

桃美邁著大步往旁走，站到房間角落的一塊帷幔前面。她隨手把帷幔一掀，只見一個臉色發青的男子在那後頭解圍棋殘局。

（原來還有一人啊。）

完全沒感覺到半點氣息。

「母、母親這是做什麼？」

「馬良，你連跟人家打聲招呼都不會嗎？」

「打、打招呼……」

名喚馬良的男子長得跟馬閃很像。只要把馬閃的個頭縮小一些，削去肌肉，半年不曬太陽就是這張臉了。

「有、有幸與妳……嗚嗚……」

馬良視線幾乎沒跟貓貓產生交集，就跪倒在地了。不知怎地還按著肚子。由於外表看起來就是個病人，貓貓本以為這麼快就要醫病了，但似乎沒那必要。雀迅速走過來，把馬良又推回了帷幔後頭。

「母親大人，初次見面的人士還請從書信往來開始，等熟悉了之後再隔著竹簾交談吧。若是冷不防就讓他跟對方相見，有多少胃藥都不夠用的。」

雀講得頭頭是道。不，其實根本毫無道理，講話聽起來卻煞有介事。

「也是，妳比我對馬良有辦法多了。應該說他的毛病比以前更嚴重了。」

從中可以看到不知該如何吐槽的婆媳關係。

「早知道或許還是該把馬良留下，帶麻美過來嗎？」

「麻美姊姊要是來了，誰來看著我家孩子呢？」

「說得也是，誰教妳絲毫無心照顧孩子呢？只希望妳好歹能再生一個，算是幫我一個忙。」

儘管有很多地方讓人想吐槽，但總覺得一吐下去沒完沒了。

簡單整理一下吧。

高順的妻子，桃美。

高順的兒子，馬良。

馬良的妻子，雀。

所有人全都性質強烈。

這樣馬閃的負擔太重了。應該說就算馬閃在場也只會加強這個密度。高順皺起眉頭的模樣彷彿歷歷在目。

找個藉口讓馬閃走別條路，可說是正確的選擇。

還看什麼診，索性走人算了。貓貓正作如此想時，水蓮輕戳了幾下貓貓。

「何事吩咐？」

轉頭一看，就跟一道黏人的視線產生了交集。壬氏從屏風後頭死瞪著貓貓不放。

她把來此的目的完全給忘了。

「壬、壬總管，小女子給您看看好嗎？」

「……嗯。」

看來他已經在屏風後頭等貓貓很久了。等了半天都沒結束才會探頭偷看，但再怎麼說偷看女子看診似乎有欠妥當。

「只能在這兒用那種方式稱呼殿下喲。」

「我會記住的。可是診驗還沒……」

水蓮微微一笑，就開始準備茶具了。貓貓說過不喝茶，不過看來是另一人要喝。診驗果然只是表面藉口。

壬氏在屏風後頭招手，貓貓只能過去。屏風後頭另有一扇門，似乎通往寢室。

「那麼，兩位慢聊。」

水蓮讓貓貓端著茶具，其餘侍女都沒跟來。順便一提，帷幔後頭傳出了棋聲，看來是馬良開始解殘局了。

寢室裡沒有窗戶，相當昏暗。燭光在搖曳。看來雖沒有窗戶，但有開通風口而不需換氣。

「麻煩把門鎖上。」

貓貓放下茶具後，鎖上了門。之所以不是單扇戶而是雙扇門，可能是因為此船仿造了西方樣式。

貓貓把庸醫交給她的佩囊放在桌上，從中取出替換的白布條。佩囊是貓貓準備的，藥膏與白布條等都先預備好了。

（就跟庸醫說我是給自己換白布條吧。）

只要讓他看貓貓左臂纏著的白布條，他應該就會相信了，不會想太多。

「那麼有勞了。」

壬氏坐到床上，一如往常地脫下上衣。

「失禮了。」

貓貓把手擦乾淨，伸手去碰壬氏的腹部。手觸碰到發紅隆起的肉，壬氏起了反應，抖了一下。

「看來復元得不錯。」

「藥膏塗著不舒服，有點受不了了。」

「得再觀察一陣子。我幫您擦一下。」

貓貓擦掉舊的藥膏，重新塗上藥膏。可能是被指尖弄得很癢，壬氏身體晃了晃；不過他每回都是這樣，貓貓不以為意，繼續擦藥。

貓貓的手臂上也有幾道燒燙傷痕跡，但她其實沒治療過像壬氏這般嚴重的燒傷。只能回想著羅門的作法，邊看痕跡邊逐步處理了。

（要是姚兒給我的抄本裡有燒傷治療法該有多好。）

大略看一下是沒有。雖然也可以問其他醫官，但還是別輕舉妄動為妙，以免壬氏的事情穿幫。

貓貓一如往常地上藥，再重新纏上白布條。

「已經弄完了？」

「弄完了。」

「沒其他事要跟孤說了嗎？」

沒其他地方要治療了。

（硬要找的話就是腦袋。）

要是能扣緊腦袋裡鬆掉的榫子不知有多輕鬆。

話說回來，想一吐為快的話很多，能說的話卻沒有；如果就這麼直說會不會有失禮數？

「……」

壬氏好像也不知該說什麼才好。

貓貓一面偏頭，一面開口：

「可否准小女子先說話？」

「說吧。」

「關於此番西都之旅，大約需要多少時日？」

貓貓知道問了也得不到明確答案，但還是說出來當作開啟話題。

「坦白講孤不知道。不是跟妳說過最起碼三個月？」

「是。那麼小女子還有一問。關於帶我同行的好處，除了壬總管的傷之外，我還有其他利用價值嗎？」

「……」

壬氏目光閃躲。

（啊——果然。）

「總管是拿我當餌釣怪人軍師嗎？」

「……孤心裡也過意不去。」

貓貓聽了很想狠狠瞪他，但忍了下來。

（太不划算了！）

真是幹不下去，不喝點什麼高級美酒著實幹不下去。但手邊只有水蓮準備的茶，於是她搶在壬氏之前先喝當作出點怨氣。

「妳覺得不划算對吧？」

壬氏在這方面很明理，從懷裡掏出了某樣東西。把布掀開一看，是一塊灰中帶白、像是石頭的東西。

「這是！」

「對，要確認嗎？」

壬氏從床邊的抽屜裡拿出鐵絲。

「既然說要確認……」

貓貓從壬氏手中接過石頭。比起石頭倒比較像浮石，非常之輕。看來壬氏是想叫貓貓驗出這是什麼石頭。

「那就容小女子檢驗一番。」

貓貓用燭火烤過鐵絲，刺在浮石上。一股獨特的氣味飄出。

「壬總管自然不可能準備贗品，不過確實是真貨。正是龍涎香無誤。」

這麼快就弄到了給老鴇的伴手禮。

「孤這次無論如何都得請羅……呃不，軍師閣下隨行。」

「……是西都提的要求嗎？」

「那邊是提了。同時孤也想請軍師閣下確認西都的情形。」

（是這麼回事啊。）

怪人軍師是個怪人，且是個做人該有的基本能力統統沒有的慢郎中，在軍略方面卻壓倒群雄。

「小女子聽說可能會開戰。」

貓貓環顧四周。

畢竟是壬氏的房間，就相信它有做吸收聲音的工夫吧。

「正確的作法不是打贏戰事，而是不讓戰事發生。要做正確的事卻很難。」

換言之，壬氏的意思似乎是有把開戰的可能列入考慮。

這下就能明白他強行帶上醫官的理由了。

「但我不認為有我跟來就能握緊怪人軍師的轡繩。若是養父的話還有可能。」

羅門的話說來說去應該還是能設法應付。假如羅門再年輕一些，腿腳又沒缺陷的話，或許已經隨行了。

不幸的是事情沒這麼順利，來了個庸醫。

（憑庸醫的本事，代替不了阿爹……嗯？）

無意間貓貓想起壬氏剛才的態度。好像過度吹捧庸醫，看在旁人眼裡都覺得可疑——

壬氏提到了庸醫的鬍鬚。都被稱讚成那樣了，庸醫想必有好一陣子會自動自發地剃鬍子。

而且他不叫庸醫的名字，而是稱他為「醫官閣下」。這艘船上幾乎沒有人認識庸醫。只要知道貓貓不會叫庸醫的名字，庸醫就只是個尋常醫官。只是從身體特徵應該看得出是宦官。

高級醫官兼宦官被叫來遠行。再補充一點，就是貓貓時常伴隨此人左右。

貓貓險些沒一掌拍在桌上。

（不行，我得冷靜點。）

貓貓想喝茶讓自己冷靜下來，但早已喝光了。壬氏把自己的茶杯端給她，貓貓一拿過來就把它喝乾。可能是為了幫助心情鎮定，茶裡加了具有鎮靜作用的藥草（香草）。假如是水蓮預料到這種狀況而準備的，那她可真了不起。

貓貓長吁一口氣，用瞪人的眼光看壬氏。

「總管是想拿醫官大人當養父的替身嗎？」

「妳反應總是如此之快，省了孤解釋的工夫。」

壬氏的眼睛一如後宮時期的眼神。

庸醫與羅門同是宦官，但外表與年齡都不相同。然而對於只有聽過傳聞的人而言，宦官兼醫官之人寥寥可數。誰也想不到他們竟然會特地帶著後宮醫官遠行。

假如要帶人，別人也會認為是曾為宦官，如今回到宮廷擔任醫官的羅門。

之所以直到最後都不把醫官人選告訴她，就是為了這個理由。

「西都……不，玉鶯閣下探詢過孤的意願，希望孤帶著羅門閣下同行。妳懂這個意思嗎？」

「……並非有病人需要醫治，對吧？」

羅門醫術傲視群倫，多得是病人想請他妙手回春，但是——

「**我**認為他或許是想拉攏軍師閣下。當然，我沒有給出明確答覆，所以對方要把醫官閣下錯當成羅門閣下是他的自由。」

聽到「我」這個自稱，就知道眼前的壬氏並非平時那個令人略感遺憾的男人，而是皇弟。在她眼前的是個能拿別人當棋子，足智多謀的男子。

「拉攏？教狐狸握手都還比較有意義呢。更何況您所說的這位玉鶯，是玉葉后的哥哥對吧？」

「很多人會認為只有自己能辦到別人辦不到的事。再說，對方也有可能不擇手段。聖人君子的親屬不見得就都是聖人君子，更何況傾覆邦國的經常是皇后的血親姻親。」

「……這些話能說給小女子聽嗎？」

貓貓起了一陣雞皮疙瘩。

「我不是說一定如此，只是說可能。」

（不，但你分明就在懷疑啊。）

話雖如此，什麼都不跟她講也會讓她悶悶不樂。

壬氏豎起食指。手指順勢指向貓貓。

「當他不擇手段時，誰會首當其衝？」

「您是說我會成為要害？」

「怎麼看都是要害。玉鶯閣下跟前，有軍師閣下的前副手。」

（是說陸孫吧。）

「他不可能不知道妳的事情。」

（……畢竟以他的立場，被問到就得回答嘛。）

對於壬氏亂七八糟的遠行人選，貓貓總算是有點理解了。

「總管是認為小女子待在京城會有危險？」

「有這個可能。更何況軍師閣下有多少敵人？」

「……」

「妳的名字傳得恐怕比妳想的更遠，也不是所有人都傻到會錯失良機。」

貓貓只能點頭同意壬氏所言。在成為醫佐之前應該再多想想的。

雖然是壬氏設計她成為醫佐，但要不是怪人軍師擺出那般極端的態度，日子也不會過得這麼風波不斷了。過去的事後悔也沒用。

「羅半能設法保護自己，所以我讓他留在京城。我也已經讓羅門閣下移駕後宮，也算是躲一段時日。總之雖對妳過意不去，但也只能帶妳來西都了。更何況我認為妳待在軍師閣下看得到的地方比較安全。只是會不得安寧就是。」

（妳妳妳的叫不完。）

還以為他最近終於會用名字呼喚貓貓了。

「更何況，這對我來說也方便。」

（這個混帳！）

貓貓很想破口大罵，但只是喝點茶長吁一口氣。

「是這樣啊。」

貓貓心裡是有點怒火難平，但壬氏所說的話基本上都是為貓貓著想。一定是考慮過人際關係與人員配置，判斷這麼做最有效率又安全。

「我會派妳熟識的武官李白保護醫官閣下。」

「是。」

貓貓聲調冷淡地回答。她漫不經心地看著得到的龍涎香。

（總覺得難以釋懷。）

貓貓收拾了茶具後離開寢室。她沒碰茶點。

「貓貓，妳不把點心帶走嗎？」

水蓮幫她把烘焙點心包好。總覺得貓貓的心情似乎被她看穿了。

（庸醫會很高興的。）

「小女子收下了。」

貓貓收下包好的點心，低頭致意後就離開了房間。

「小殿下，這樣好嗎？」

水蓮跟壬氏說了些話，但貓貓充耳不聞。

「啊！呃……」

壬氏似乎伸出手來想跟貓貓說話，但坦白講，貓貓覺得今天話已經說夠了。

她假裝沒注意到，逕自往外走去。

高順回來了，在房間外頭候著。勤懇的隨從看到貓貓似乎就覺察到了什麼，皺起了眉頭，但什麼也沒說。貓貓輕輕低頭致意，就回藥房去了。

十七話　雀

貓貓動筆寫日誌。

暈船者三名，傷患兩名，身體不適者一名。

「啊啊，好忙喔。」

庸醫就只負責做點簡單問診以及給藥。他擦擦額頭上沒冒出多少的汗。不知為何，比待在後宮的時候還要生龍活虎。

（大概是真的太閒了。）

船上生活也過了數日。儘管還有人不習慣船內的搖晃，但暈船人數漸漸少了。第一天還覺得清閒，翌日就有一大群暈船病患找上門來。

「會嗎？」

貓貓倒覺得鄰近軍府的尚藥局比較忙，不過庸醫是在經年門可羅雀的後宮尚藥局執勤，這對他來說已經很忙了。

事前已經準備好了大量的暈船藥，但也只具安慰效果，當有人臉色鐵青地來到藥房時，貓貓認為不如給個桶子帶他到通風良好的地方比較有用。

（難怪羅半不來。）

聽到此次怪人軍師要來，貓貓還以為那小子也會跟。那個守財奴很會暈船。其實有那小子在多少還是比較方便，大概是找了什麼理由回絕了吧。他那傢伙好歹也是下個家主，總不能兩個人都離開府邸吧。

貓貓本來怕怪人軍師可能會發現她來了而跑到這艘船上，但目前什麼事也沒有。一定是暈船暈到爬不起來。

「好了，那就來用點兒點心吧。小姑娘，妳去請他來。」

庸醫看病患不再上門了，就開始準備茶水。不過船上不能常常用火，所以不能燒水。茶是冷泡的。

茶杯有三個，點心也是三個。點心在船上是高級品，不過這是去給壬氏出診時收下的。後來他們每次都準備點心，每次都讓貓貓帶回來給大家吃。

（是想討好我嗎？）

貓貓一面長吁一口氣，一面打開藥房的門。

「怎麼了，小姑娘？」

走廊上站著一個比貓貓高出大概兩個頭的男子。是李白。這男人是被派來當護衛的，此時手裡拿著兩大個重物。似乎是覺得站著太閒，在鍛鍊身體。

「吃點心的時候到了，大人也來嗎？」

「那真是太感謝了。」

李白放下重物走進藥房。一個大漢走進來讓房間顯得有點擠，但莫可奈何。

「李白兄啊，你不怕吃甜的吧？」

「我什麼都吃。」

「這樣啊。茶裡頭要不要放砂糖？」

「咦？有這麼一種喝法？」

「聽說在南方會這麼喝喔。」

「好像挺有意思的！給我多加一點！」

見李白興奮雀躍地想往冷泡茶裡加入珍貴的砂糖嚐鮮，貓貓立刻把砂糖搶走。

「砂糖是高級品，不行。」

「怎麼這樣——」

庸醫噘起嘴巴。

這個宦官看來是慣犯，得把砂糖與蜂蜜藏好才行。空閒無事的後宮也就算了，旅途中各類物品容易短缺，得請他客氣點才行。

再說——

（什麼甜茶，誰喝啊。）

貓貓喜愛鹹食與酒，吃鹹不吃甜。換言之，就是不接受甜味的茶。

「放一點又有什麼關係嘛？冷泡茶味道太淡了。」

李白也噘起嘴巴。

「那麼，把茶葉用乳缽磨碎如何？會容易泡出味道。」

「哦！就這麼辦。你們有乳缽嗎？」

「有啊。這是要力氣的，就有勞兄臺了。」

一個是本來就愛聊天的宦官，一個是好脾氣的武官。乍看之下毫不搭調，卻立刻就熟絡了起來。

看來李白這個人選是對的。

話雖如此，庸醫怎麼說還是在不知情的狀況下當了羅門的替身。假如他得知了真相，不知會作何感想。

（瞞著可能是最好的選擇。）

隨便把事情告訴像他這樣的人會壞事。貓貓是這麼認為的。

（壬氏要是也能這樣對我的話……）

貓貓一面這麼想，一面卻也加以否定。

壬氏必定是認為貓貓知道了比較好，才會告訴她。貓貓也寧可知道內情，能做的選擇比較清楚。

那位丰姿秀麗的皇弟殿下，是個頗有才幹的男子。至少做事不是出於直覺反應，而是經過理智思考。

正是因為經過仔細思考，因此即使不到完美，但也交出了還算能夠接受的答案，所以貓貓也不能抱怨什麼。

（可是，烙印那件事就……）

實在還是無法接受。

再加上貓貓又想到了庸醫的事。也許是壬氏拿他當誘餌惹惱了自己？

抑或是——

「小姑娘，妳不吃嗎？」

「吃。」

貓貓抓起點心。

是包著醬菜的餡餅。調味做得較重以利保存，配著茶沖淡味道剛剛好。貓貓不屑地吃。

還真好吃。

「原來不是甜的啊。」
庸醫一臉的失望沒勁。看來是當成了甜餡餅往嘴裡塞。
「這可真好吃。看起來質樸，但應該是挺高級的點心吧？」
「那當然了，這可是月君賞咱們的呢。」
庸醫不知為何得意洋洋地說。東西是賞給貓貓的。
貓貓再給自己倒一杯冷泡茶，同時往小窗外頭看。
「漸漸可以看見陸地了呢。」
「哦！是嗎？」
庸醫也探頭往窗外看。
「本來聽說按照預定中午就會靠港，但慢了一些。不過應該只是一點誤差吧。」
李白看著簿本做確認。
「住兩晚之後一早又要出發，忙得很哩。」
「那個老傢伙是哪艘船？」
「那個老傢伙是最前面的船。」
說那個老傢伙李白就懂了。
（一旦不暈船了，搞不好會跑來這兒。）

貓貓的表情歪扭起來。要是一不小心坐上同一艘船恐怕就麻煩了。

「那個老傢伙一下船就會被帶去赴宴，我想妳不用擔心。皇族難得出巡，不搞點外交就浪費了。」

「赴宴的事我有耳聞喔。會派一位醫官跟去，但我不去所以小姑娘也不用去。不過，那個老傢伙說的是誰啊？」

庸醫一臉傻呼呼地看著貓貓，但她正好想起另一件事，無暇理會。

「外交……原來如此。」

「是啊。喏，要看嗎？」

李白從簿本裡拿出一張簡單的地圖。圖上標出了海岸線與船的航線。

「雖然屬於茘國，但基本上還是算外邦。」

簡易地圖上還畫出了疆界。

「記得這個國家幾年前有個公主來過後宮。不過聽說後來賜婚了。」

整件事聽起來十分耳熟。

「兄臺說的是芙蓉妃。喔不，現在不是娘娘了。」

「是那位娘娘啊。」

聽了庸醫所言，貓貓捶了一下手心。就是以前在後宮宮牆上起舞的娘娘。

「那麼芙蓉公主也會來嗎？」

「啊——我想不會喔。」

李白否定庸醫所言。

「不是有個武官立了功，得以迎娶那公主作為賞賜嗎？」

「是啊。只是雖說是異國，把別國的公主隨意送人似乎有失妥當呢。」

（這方面的事，背地裡應該談妥了吧。）

聽聞武官早已與芙蓉公主熟識，那麼也很可能與公主的親屬素來相識。既然芙蓉公主無法完成嬪妃的職責，他們或許會覺得不如早日出宮更有好處。

「咱們那軍隊不可能輕易放能夠立功的男子回國啦。」

「啊——這倒也是。」

「不過話說回來，從後宮娶妻啊。我若有機會立功，倒是希望能獲賜金銀錢財。」

「李白兄這話可真教我意外呢。看兄臺不像是愛財之人啊。」

「我也是有很多苦衷的。」

（例如想為一位身價連城的娼妓贖身。）

不曉得李白目前的薪俸有多少。看樣子似乎是平步青雲，但再不快點設法發財，白鈴小姐就要變成老鴇了。

貓貓再次望向窗外。

（若是傍晚抵達，店家早都關了吧。）

那個國家雖然位置在茘國之南，但並不是一抵達就能立刻下船。從太陽的高度看來，大概是沒那工夫買東西了。若是有擺夜市就好了，只是那種店家大概不太會賣貓貓想要的東西。

（像是烘焙點心、串燒或水果。）

不，其實那樣也滿有意思的。

但願明日有個把時辰可以自由晃晃。

「有人來了？」

藥房外傳來獨特的腳步聲。有人咚咚地輕輕敲門。

「請進。」

庸醫回答後，走進房裡的原來是雀。

「失禮了。」

「怎麼了？是月君身體不適嗎？」

「不，小女子來此是有事相求。」

小眼睛看著貓貓。

「月君表示今夜赴宴之際，想和各位借一名試毒人，特此前來商量。」

庸醫與李白的眼睛也對著貓貓。

（呃，我是不討厭做這件差事啦。）

可是，貓貓不想去有怪人軍師在的地方。正在思考有沒有藉口能推辭時，雀悄悄露出一件東西給她看。

「……」

在她眼前時隱時現的東西，似乎是鮮香菇曬成的乾香菇。

（嗯唔唔！）

是壬氏出的主意，還是水蓮？

香菇以菇類來說是高級品，野生香菇難得一見。燕燕偶爾會拿來入菜，但可不是能輕易入手的東西。

（要是能栽培的話一定很好賣。）

又稱為香蕈，可治貧血與高血壓等。

可以入藥，也可用水泡開做成美味佳餚。還能煮出高湯。

這個名喚雀的侍女，莫非是在捉弄貓貓？先是把一閃而過的香菇藏起來，接著又用另一隻手頻頻露給她看。雙手手掌一張不見了，隨後又多出了兩、三朵讓她看見。動作簡直像在變戲法。

「姑娘意下如何？」

雀講話恭敬有禮，但不容拒絕。神情顯得歉疚，該做的事卻還是讓人做。可說正符合壬氏的作風。

「……小女子領命。」

「那麼，這個給姑娘。」

雀快手快腳地不知從哪兒拿出一件衣裳遞給貓貓。

「請換上這件衣裳。若有需要的話，小女子可為您化妝。」

雀的雙手手指，夾著化妝用的刷子與胭脂筆等用具。動作簡直像戲曲裡使暗器的惡人。

（怎麼辦啊，遇上這種個性強烈的人。）

不是一句馬閃兄嫂就能介紹完的。

（身邊個性強烈的人已經夠多了。）

難道說雀是因為長相平凡，所以就加強了內在？想對抗性情潑辣的馬家女子，是否非得要有這般強韌的心性？

（我搞不好會被埋沒。）

貓貓心想自己是否也得來點不輸人的強烈個性，但又覺得沒必要特地引人注目。在語尾加些怪詞只會變得慘不忍睹。

「化妝就不用了，請把香菇給我。」

「是嗎？」

見貓貓反應平淡，雀神情有些落寞地把乾香菇給了她。

（照這樣來看，不知他帶了多少種生藥過來。）

貓貓一邊作如此想，一邊欣賞香菇。

貓貓下了船，魚腥味與人群的活力就迎面撲來。此時已是日落時分，許多攤子都收了，但可以看到有人趕著跑去買晚飯。

「路上當心啊——」

庸醫從船上甲板揮著手巾。

「有我跟著，沒事——」

李白代替貓貓回答。

（這傢伙不是庸醫的護衛嗎？）

或許這表示貓貓也是護衛對象之一吧。

雀準備的衣裳料子很好但不帶裝飾，色彩內斂。讓試毒侍女來穿很恰當，麻布為肌膚帶來舒爽觸感，在這氣候潮溼之地穿起來很舒服。

（明天開始就穿這件吧。）

貓貓除了褻衣之外沒準備像樣的衣服，這樣正好。這種料子好就好在洗了很容易乾。她有醫佐的服裝，但缺點在於料子厚，不免比較悶熱。

雀後來問了她好幾次要不要化妝，她都婉拒了。可是不施脂粉就跑去也有失禮數，於是自己稍微撲了點白粉，也塗了唇脂。

「他們是說準備了馬車……」

李白東張西望。

「是不是那個？」

貓貓指指停在其他船前面的馬車。

「那個嗎？可是已經有人上車了，應該坐不下吧？」

只見一些人陸續上車。

（姑娘家？）

是達官顯貴的侍女什麼的嗎？但人數似乎多了一點。

就在貓貓與李白不知該如何是好，正在煩惱時，雀忽然跑來了。

「抱歉。」

「喔哇！妳啥時候來的啊。」

李白嚇了一跳。絲毫沒感覺到半點氣息。平常一聽到那獨特的腳步聲就會注意到了，這次卻完全沒聽見。

「那兒已備好馬車了，兩位請。」

「大姊，妳身手可真輕盈啊。」

「不起眼但來去自如，這就是雀姊的賣點。不必多禮，叫我雀姊就好。」

雀莞爾而笑，轉個一圈，擺出莫名其妙的姿勢。

「好，多指教了，雀姊。」

「是，李大人。順便提一下，雀姊已嫁作人婦了，請勿有非分之想。」

「那真是可惜了。倘若雀姊是我的理想佳偶，我又還沒遇見真命天女的話，早就尋求良緣了。」

換言之，他的意思就是不屬意這一型。

「那您真是虧大了，像我這樣的好女人可不是隨處都有喔。」

（這人真是能開玩笑。）

貓貓周遭還沒有過這類開朗性情的人。不知原本藏在哪兒，雀又從懷裡拉出了一串小旗子來。

（不知該從何吐槽起。）

貓貓無視於有些落寞的雀，上了馬車。

位於茘國南方的這個國家名為亞南。該國成為茘國屬國已有百年以上了。亞南也並非原本的國名，是以前的皇帝取的。

「亞」字代表「第二」、「次等」或「下級」等意味。

之所以稱茘國以北的各國為北亞連，用意也很直截。意思就是北方的各個次等國。

（取這名稱的人真的很不可一世。）

也就是取個瞧不起人的名稱，大搖大擺地好像替人命名是在施恩。

（不過別的國家大概也會亂給我們取名稱吧。）

來自西域的異國人，比起茘人大多膚色較白、個頭也高。因此他們偶爾會蔑稱茘國百姓為「猴子」。那些人以為他們講母國語沒人聽得懂，但貓貓略懂一點西方語言，知道對方在取笑他們。老鴇一注意到那些惡言惡語，就會面帶笑容多收房錢。

（半斤八兩嘛。）

不想被人講壞話，自己不講就是了。可是又想搶先批評對方以保護自己。

國與國的關係，說穿了就是兩個族群，與人際關係無異。

貓貓下了馬車，來到一棟大宮殿。

朱漆色彩雖與茘國相同，但屋頂形狀稍有差異。形狀比較圓，一字排開的燈籠輝煌通明。

潔白的通道穿過宮殿中央，庭園裡對稱地栽種著棕櫚樹。

「者邊請。」

一名像是傭人的男子過來說話。雖然帶點口音，但用的同樣是茘國語言，幫了貓貓一個忙。

（小女子只是試毒侍女，無需多禮。）

貓貓很想這麼說，但雀一個勁地往前走，或許可以說是在給貓貓帶路吧。她那奇妙的啾啾腳步聲陣陣響起。

貓貓與李白安分地跟去。

「者房間供各位使用。」

那人將他們帶到一個房間。雀二話不說就走進去四處檢查，顯得熟門熟路。

「有什麼怪東西嗎？」

李白也跟著一起搜房間。

「沒有，只是南方偶爾會有蛇或蟲子跑進屋裡。」

「蛇嗎？」

貓貓眼睛一亮，也來一起搜房間。

「有毒嗎？」

「有喔。」

「不會有蠍子吧？」

「沒有蠍子喔。」

整個檢查一遍之後什麼也沒找著，兩人大失所望。

「小姑娘就算了，怎麼連雀姊都在失望啊。」

李白冷靜地吐槽。還不忘叫她「雀姊」，果然是李白的作風。

「找到了比較有意思嘛。」

看來雀不只是愛引人注目，還是唯恐天下不亂的性子。怪不得她會嫁到奇人齊聚一堂的高順家裡。同時貓貓也開始擔心起她們的婆媳關係。

雀開始泡茶了。水瓶裡似乎裝了冰水，瓶身結著水滴，看得出對客人的敬意。想必是剛剛才把水冰好。

「我自己來就好，不用麻煩。」

貓貓心想雀也有事要忙，就伸手去拿茶具。

「不會，我也要替我自己泡茶。今晚請讓我跟貓貓姑娘一起待著。」

雀動作很快，不讓貓貓做事。

「水蓮嬤嬤跟我說就算是護衛，讓未婚姑娘跟男子獨處有欠妥當，於是我就來了。所以我得監視你們。」

貓貓與李白面面相覷……

「啊——這沒可能啦。」

異口同聲地說了。

「是，我也是這麼覺得，可是一個像祖姑奶奶的人都吩咐我了，不能不做。再來就是我不是還有個真正的婆婆嗎？我自認為婆媳關係不錯，但是成天到晚待在一塊還是會累的。再加上外子是那副德性，一點都岔不進來。我有時候也想把外子交給婆婆去管，趁機喘口氣。」

雀如此說著，坐到臥榻上開始喝起了茶，閒適得很。甚至還去拿點心，把煎餅般的吃食咬得啪啪有聲。

看她都這樣了，於是貓貓與李白也各自做起自己的事。李白似乎想不到要做什麼，抓著房間的柱子開始做引體上升。

（腦袋裝肌肉。）

貓貓也坐到椅子上飲茶，繼續看姚兒送她的抄本。

「還有，我想解釋一下宴席的流程。」

雀嘴巴沾著煎餅屑，但似乎還有打算辦正事。

「有勞了。」

雀一副在自己家中放鬆的姿勢開始講起。

「屆時預定由貓貓姑娘與我試毒，伺候的是月君與漢太尉。其他好像還有些達官貴人，但會另外找人伺候。」

聽聞雀是馬字一族的媳婦，沒想到還得試毒。總覺得有些不可思議。

「請讓我伺候月君。」

貓貓覺得兩邊都沒好到哪去，但還是選了比較好的一個。

「明白了，太尉那邊似乎比較有趣，我接受。」

無論理由為何，願意接受就好。

「試毒的方式，大致上與遊園會等採取相同流程。我想應該不用多做說明，只是由於是外交宴席的關係，要躲在後方的座位來試。」

「應該的。」

「所以，請姑娘臨機應變看著辦。」

（真隨便，不，與其說隨便不如說是不拘小節。）

但倒是比太過講究規則來得輕鬆。

起初還以為雀的氣質秉性跟燕燕相似，但愈看愈覺得比較像貓貓。反倒是貓貓還比較會顧慮到旁人的心思。

「那麼解釋完畢。我想時刻到了就會有人來叫，各位就先做自己的事吧。解散！」

「是。」

「好。」

兩人分別回話後，又各自去做喜歡做的事了。

十八話　亞南的宴席

即使說的是同一種語言，文化的差異仍會帶來極大影響。茘與亞南的宴席形式看上去截然不同。

亞南是位於茘國南方的國家，氣候溫暖。或者索性可以說很熱。

太鼓與笛子的樂音悠揚響起。比茘曲開朗而輕快。

宴席在屋外鋪下毛織地毯，眾人直接在上頭就坐。沒有椅子，而是擺著些富有光澤的洋坐墊代替坐席。菜餚也是直接放在地毯上，不設桌子。餐點不是個別準備，而是採用各自從大盤子裡取用的方式。

酒器是形狀獨特的酒壺，以色彩鮮豔為特徵。

上菜的盡是些衣裳單薄的女子。腰際只裹上華麗的彩布作為裙裳，並穿著短袖上衣。凹凸分明的酒壺簡直就像仿造了她們的體態。

頭髮多為黑色，但很少是直髮。膚色從象牙色到蜜色都有，豐富多變，且有許多人臉龐五官深邃。

貓貓想起原為中級嬪妃的芙蓉，五官與茘人十分相近。或許正因為生了那樣的五官，才會被送進後宮。

受邀赴宴的武官們看著妖豔的舞姬與眾女侍，一臉色瞇瞇的。

「哎呀，那個腰扭得可厲害了。」

雀一邊扭腰擺臀一邊跟貓貓說話。試毒人都是躲在帷幔後頭吃，旁人看不見她們。

「明日我就去買件那種衣裳，挑逗夫君看看。」

「妳夫君喜歡那種的？」

貓貓想起那個格外怕生，好像馬閃變得面黃肌瘦的男子。還真好奇他們過的是什麼樣的夫妻生活。

「一點也不。」

雀否定得乾脆。簡言之好像是雀自己想穿。

與其說是講究規矩的國宴，感覺比較像是酒席，但這大概就是亞南的風俗吧。只有需要試毒的達官貴人在高出一階的位置備有座位，擺下了豪華的食案與四腳托盤。

貓貓的差事就是從這托盤裡每份取少許膳食，試試有沒有毒。可能是為了隱藏試毒差事，她們被一塊帷幔擋著。貓貓她們之所以能閒談，也是因為外頭瞧不見她們。

「這兒的王族大多是扁平臉呢。」

雀講得有夠沒禮貌。

「政治婚姻做多了，外邦血統會變濃是理所當然的呢。」

貓貓的疑問得到了解答。芙蓉之所以有著像是荔人的五官，想必是因為荔國血統較濃厚。國與國之間經常以聯姻的方式增進彼此關係，有時也會為了以自己國家的血統沖淡屬國血統而進行通婚。

（乍看之下和睦親善，但亞南搞不好很恨荔國吧？）

貓貓不經意地作如此想。畢竟對亞南的百姓而言，是從祖國的名稱就被人瞧不起。她從帷幔的縫隙，看看若要招人怨恨的話大有可能首當其衝的人物。

壬氏端起酒杯，笑容可掬。從後方只能看見他的側臉，右頰的傷可能因為天氣熱，紅得更為明顯。

壬氏臉上浮現外交用的笑容。酒杯裡斟滿了酒，但不見減少。視野邊緣可以看到眾女侍眼尖地盯著，等酒杯變空。

（看來沒那麼容易接近他。）

眾女侍頻頻偷瞄壬氏，但他似乎有專屬的侍者，無法隨意上前供膳。

「請用。」

嗓音沉穩的高順將膳食從帷幔空隙遞進來。這是供給壬氏的膳食，但要先讓貓貓試過毒才會獻給壬氏。

是油光閃閃的帶骨豬肉——排骨。貓貓拿起銀筷仔細擦過，確認筷子沒有起霧再把肉夾開。她一面去掉骨頭，一面把肉平均切分，取幾塊放進小碟子裡。

「……」

調味鮮甜，可能是用水果熬煮而成。聞得到柑橘的清爽香氣。

（好吃好吃。）

貓貓咕嘟一聲嚥下，很想再吃一口但是忍住了。這是在當差，不能再多吃了。

「好吃好吃。」

雀一派自然地大口吃肉，根本沒在試毒。

「雀姊，差事呢？」

「是，一切正常。很好吃。」

雀迅速把手舉到額頭上，但怎麼看都是在大快朵頤。

（要是紅娘、左膳或羅半他哥在這兒就好了。）

他們是貓貓心目中的吐槽師前三名。貓貓懶得對不受拘束的雀一一吐槽，很希望有人能來幫忙。

貓貓試過了毒看沒問題，就把盤子送回壬氏那兒。盤子由高順來端。

相較之下，怪人軍師的副手得把所剩無幾的盤子端回去。正是之前怪人喝果子露食物中毒時在場的那位副手。

「……」

副手看著盤子，對雀像是略有微詞。

「請端去，沒有毒。」

雀的嘴巴周圍油光閃閃。

副手不得已，只得把還回來的菜盤端去給怪人軍師。過了一會兒，下一盤端來了，同樣又是排骨料理。

「能不能來點別的菜啊。」

雀長嘆一口氣，重新拿一雙銀筷擦乾淨。

貓貓這邊端來的是不同的菜餚，而且一次三份。

「有點多呢。」

貓貓不禁對端菜過來的高順說了一句。

高順皺起眉頭。

「是那位客人送來的。」

伴隨著這句像是被人吩咐過的話，怪人軍師從帷幔外頭對她揮手。

「……雀姊，請吃。」
「哎呀，那我不客氣了。」
雀毫不客氣地吃了起來。更正，是試起了毒來。
怪人軍師顯得很失望，但貓貓的職務是試毒，不是大吃大喝把肚子填飽。
雖說是宴飲，壬氏畢竟身負外交重責。他一面露出對外用的笑容，一面與人談笑。飯菜只吃了一點意思意思，因此貓貓沒多少差事可做。
他那美貌若是女子的話足以傾國，而在外交上必定也能成為武器。
（說來說去，他本身還是很擅長掌控人性的。）
只是關係一親近起來，就很容易現出原形。
相較之下，另一個高官就沒在辦事了。怪人軍師隨意吃些雀的剩菜，不喝酒只顧著大灌果子露。周遭似乎有人在找他說話，但他好像不感興趣，頻頻回頭偷瞧貓貓。
「我是沒資格插嘴，但姑娘就稍微釋出點善意又有何妨？」
雀一面大啖雞肉，一面說了。
「……我若是稍微縱容他一下，妳知道會有何後果嗎？」
貓貓不屑地回答。
雀仰首闔眼，好像在想像些什麼。

「似乎會發生很有趣的事情呢。」

雀顯得很開心。完全是看好戲的態度。

（真希望宴會早點結束。）

貓貓長嘆一口氣，伸出筷子夾菜。

儘管發生了幾件麻煩事，宴會總算是結束了。

（應該沒什麼奇怪的毒。）

既然是試毒侍女，就得仔細觀察自己的身體狀況。遲效性的毒物，有時會在幾個時辰或幾日之後才發作。雖然肚子還塞得下，但她打算先別吃東西，看看情形。

貓貓是覺得沒出問題，不過要把差事做好並不容易。

「呼！吃飽了吃飽了。」

雀摸摸吃得太飽的肚子。她直到最後都是在享受美食而非試毒。

再來只要回房間住一晚就沒事了。聽說明日可以出去買點東西，她有點期待。

宴席之夜就這麼平安結束了。但只限宴席之夜——

十九話　消失的庸醫

眼瞼感到一陣明亮，接著就聽見鳥囀聲。

「嗯嗯……」

貓貓緩緩睜開眼瞼，伸了個大懶腰。床鋪又軟又香，而且是在陸地上所以不會搖晃。感覺好久沒睡得這麼好了。

（好像是在亞南？）

貓貓迷迷糊糊地想起自己現在待在陸地上。

她從床上爬起來，看到桌上擺滿了粥品與其他豪華料理，雀已經在吃了。

「妳起得真早。」

「是啊，雀姊都起得很早以免挨婆婆罵。來來來，把早膳吃了吧。」

雀大吃大嚼。由於菜色實在太豐盛了，本來還以為是昨夜宴席的剩菜，結果不是昨日吃的菜色。看來對方不至於會端剩菜給客人吃。

「我吃一點就好。」

貓貓往粥裡加醋享用。本以為是茘國式的早膳，但醋裡有著像是魚醬的獨特風味，讓人深切感覺到自己身處異國。

除了吐槽吐不完這點之外，雀是個不需多作顧慮的人，所以吃飯也不用講禮數。

貓貓用完早膳，正在用齒木刷牙時，就聽見一陣好大的敲門聲。

「出了什麼事了？」

「小姑娘……」

是侍衛李白。神情顯得有些傷腦筋。

「沒有啦，只是剛才信使過來，說醫官老叔不在船上。」

「嗄啊？」

庸醫不見了是怎麼回事？

（莫非是被擄走了？）

庸醫被帶來，正是為了做羅門的替身。雖然派了李白做護衛，但他現在是跟貓貓她們同行。

船上還有其他武官，照理來講是沒那麼容易擄走庸醫的。

「……我不懂這是怎麼回事。不是，怎麼會出這種事……」

貓貓正感到頭痛時，就看到雀兩眼發亮。

「不懂。我打算回船上看看，小姑娘妳呢？」
「我又能怎麼辦？」
貓貓這時不能擅自行動。她正打算先去通報消息時——
「事情我都聽說了。」
還以為是誰在說話，原來是雀。
「聞得到案件的味道喔。請放心，已經請過准了。」
雀露出白到反光的牙齒，闔起一眼。
「獲得許可了？現在不是才剛談起這事嗎？」
貓貓無奈地做出了極其平凡無趣的回答。本來也想過是否該回得別具新意，但覺得好像會沒完沒了就作罷了。
「是，上頭已經說過貓貓姑娘外出時，只要讓李大哥與我跟著就不成問題。我之前猜想今日一整天一定很閒，就先去求得外出許可了。現在貓貓姑娘若是不出去蹓躂，雀姊也只能照辦，非但不能在亞南遊山玩水，還得為了婆婆不知何時會上門擔心受怕呢。」
換言之，她打從一開始就滿心等著外出了。
（好吧，若是能外出的話，我也打算外出。）
雀提前做了這些，就某種意味來說幫了個忙。

「若是不成問題的話，小女子想回船上看看。」
貓貓看向李白徵求同意。
「好，我也是覺得小姑娘會想去才告訴妳的。我是沒問題，只是——」
李白目光閃躲了一下。
「怎麼了？」
「沒有，只是跟信使說話的時候，被一個麻煩的人撞見了。」
「麻煩的人……」
貓貓悄悄往房門口看去。她有種不祥的預感。
「哦哦！」
雀踩著碎步移動到門口，打開了門。
戴著單片眼鏡的怪人竟在那兒偷聽。
「早上給太尉請安。」
雀義務性地致意。
「早啊！貓貓——今兒天氣真好！」
「……」
貓貓回以最難看的表情。

「妳要出門啊，這樣啊，爹爹也跟妳一塊兒去好嗎？」
「請不要跟來。」
貓貓臉上浮現冷若冰霜的表情，但怪人軍師面不改色。
「外頭有好多店家喔，給妳買些什麼好呢？衣裳、髮飾……不，還是買藥好吧？」
還是一樣沒在聽人說話。
「貓貓姑娘。」
雀戳戳貓貓。
「照這樣看來他是跟定了，不如就死了心當作帶個荷包上街如何？」
「什麼荷包不荷包，人家會讓這個老傢伙把錢帶在身上嗎？」
在她的印象中，大多是羅半之類的在替他管錢。
「那我去帶太尉的副手過來。荷包應該都在他身上。」
李白二話不說就跑去叫人。
「等……李大人！」
「貓貓啊～真希望能多看到些藥品，對不對啊？也得買伴手禮回去送給叔父才行呢。」
怪人心蕩神馳地垂著狐狸眼的眼角。
「荷包，這是荷包，看開點吧。想把他留在這兒反而得花更多工夫，若是擔心醫官大人的話還是早早動身的好。還有，我想要亞南產的珊瑚簪子。」

「雀姊是打定了主意要伸手呢。」

這位姊姊的個性還真是教人佩服。

「沒奈何，誰教外子的薪餉不穩定啊。當初都結婚生子了還是個舉人，後來考中了以為可以過上安穩日子，卻又跟同僚合不來而辭官，這回好不容易才靠關係重新當官呢。多虧於此，雀姊才剛生完孩子就得出來掙錢。」

雀一邊從手中拉出成串的飄飄旗幟一邊訴說。看起來好像完全沒在吃苦，其實應該很辛苦。

「附帶一提，外子才剛重新得到官職，家裡就催我再生一個，跟我說就算小叔繼承家主之位也不見得能生子，這該不會是在欺負媳婦吧。」

「這小女子已經聽說了。」

就算決定由馬閃繼承家主之位，他在兒女之情方面實在不夠積極，會擔心是應該的。

（里樹前嬪妃的事情也是，不好好做點什麼會無疾而終的。）

她想起去年出家的，那位紅顏薄命的良家千金。

聽說馬閃走陸路，不與他們一起行動；不知現在怎麼樣了。

「喂——我把人叫來啦。」

貓貓與雀正在多方談論時，李白帶著荷包……更正，怪人軍師的副手過來了。

回到船上，眾人可能都下船去了，沒幾個人。船員忙著維護船身，打掃幫手正在清理船內累積的垃圾或是清掃甲板。打掃幫手是幾名中年婦女，做男子似的打扮勤快地洗刷船內。她們似乎多為船員的親屬，還會幫大家準備飯菜。

「貓貓啊，早點把事情辦完，咱們去買東西吧。」

煩死人的老傢伙在一旁囉嗦些什麼，貓貓充耳不聞。留在船上的幾名武官，一看到怪人軍師馬上躲了起來。只差沒說「別把我牽扯進去」。

「就是這兒。」

擔任庸醫護衛的武官，來把消息帶給了李白。

「怎麼沒把事情做好啊。」

李白似乎見過這武官，拍著此人的背傻眼地說了。

「真、真是抱歉。醫官正好是在換班的時候不見，下官想進藥房，結果——」

貓貓試著打開藥房的門。

「鎖上了。」

藥房基本上都得鎖門。房裡放著各種藥品，所以沒人在時都得上鎖以免有人擅自拿走。

「下官探頭看過，裡頭似乎沒有人在，又遲遲不見回來，就聯絡大人了。」
武官一臉歉疚地低頭致歉。
「啊——知道了知道了。我看你應該是跟上一個傢伙換班過來的吧，你把上一個護衛也叫來。」
「遵命。」
武官急忙跑走。
「竟然是密室，其中有案件的味道。」
雀神色凜然地耍帥。
「老叔上哪去了？」
「希望只是在看不到的角落睡覺。」
貓貓身上保管著備用鑰匙，於是開了門。房裡找不到庸醫的蹤跡。
「沒什麼異常之處。」
比較令她在意的，大概就是庸醫的寢衣脫了丟在床上。
「醫官老叔好沒規矩啊。」
「但他平素是不會這樣脫了亂丟的。」
就算暫時脫了擺著，晚點也會摺起來收好。本事是沒有，但教養並不差。

貓貓眼角瞄到怪人軍師想碰藥櫃，一掌把他的手打掉。不知怎地怪人軍師一臉開心地看她，她嫌噁心所以沒去理會。副手一個勁地低頭向貓貓賠罪。

「如果是急著去做什麼……」

貓貓思考庸醫早上起床換了衣服後會做什麼。貓貓這幾日都是隔著一塊帷幔跟他朝夕相處，可以想像到他的行動法則。

「八成是去茅廁了吧。」

茅廁位於船頭。宦官由於沒了命根子，容易頻尿。

貓貓猜想他可能是早上起來想去小解，於是急忙換了衣服。昨夜船上應該也擺下了盛宴，很可能有酒可喝。如果正處於宿醉頭腦迷糊的狀態，還能記得鎖門已經很了不起了。

「我們去茅廁看看吧。」

一行人走最短路徑從藥房前往茅廁。途中一名負責打掃的大娘正在勤快地刷洗爐灶等地方。可能是噴出的油黏在上頭，汙漬難以去除，似乎刷得很辛苦。

一行人到了船頭茅廁，但沒看到庸醫。

「總不會是落海了吧？」

李白半開玩笑地說。說是茅廁，其實也就只是開了個洞讓排泄物直接落下。

「醫官大人胖，會卡住掉不下去。」

「……」

貓貓雙臂抱胸，偏著頭。

她眼角餘光瞄到老傢伙在吃果乾當點心，但不予理會。副手正在把裝了茶的竹筒拿給他。

「怎麼了，貓貓姑娘？」

「沒有，只是覺得醫官大人是下不去，但若是別的東西呢？」

「別的東西？」

貓貓從懷中掏出藥房的鑰匙。

「有沒有可能是睡昏了頭，讓鑰匙噗通一聲掉下去了？」

「哇喔。」

「醫官老叔的話是有可能。」

雀與李白都不否認。

沒有鑰匙，庸醫也進不了藥房。

「不好意思。」

貓貓叫住正在維護船身的船員。

「幹麼？」

「請問今早有沒有在茅廁附近看到慌慌張張的醫官大人？」

船員偏著頭，叫來其他船員。聚集而來的船員之一敲了一下手心。

「我不知道那是不是醫官大人，但有個微胖的中年人看起來很慌張。我跟他說在這兒會妨礙大家打掃甲板，叫他到別地方去。」

「那麼他去哪兒了？」

「嗯──待在船上無論是哪兒都會妨礙人家打掃，所以我有告訴他可以去甲板已經打掃完的地方。」

船員指指棧橋的前方位置。那兒正好擺了木箱，庸醫孤零零地坐在那兒的模樣彷彿歷歷在目。

「就算想聯絡小姑娘借鑰匙，武官們大多也都出去了嘛。」

庸醫膽子小，一定是不敢請忙進忙出的船員傳話。更何況鑰匙是自己弄掉的，可能因為內疚而不好意思開口。

貓貓坐到庸醫很可能坐著發呆過的木箱上。忙碌的船員以及打掃幫手從棧橋進進出出，坐著發呆就有人瞪她，嫌她擋路。

（難怪武官都離開了。）

船上總讓人覺得待不住。在走廊上侍立的武官，一定承受了很多次打掃幫手嫌擋路的眼神。所以才會時刻一到，等不及換班就下船了。

「到底跑哪兒去了？」

正在發呆時，一名打掃幫手忙碌地跑到貓貓他們面前來。

「妳該不會是追加派來的人手吧？」

一名發福的大娘對她說道。

「不是，我們看起來像嗎？」

若只有貓貓與雀也就算了，但李白也在旁邊。另外還有個想爬上桅杆的老傢伙以及試著阻止他的副手，不過一被船員發現就被拖下來了。

「不像，只是想說如果是人手的話可以拜託一下。我拜託一個傢伙去買東西卻遲遲沒回來，正覺得困擾呢。你們如果有空就幫我跑一趟吧。」

（拜託一個傢伙買東西？）

貓貓想像此時的庸醫是什麼模樣。雖然換下了寢衣但不是醫官服，就是個剃了鬍子的宦官。宦官相貌上雌雄難辨，是有可能錯看成大娘。

而相較之下，打掃幫手們也作男子般的打扮以利於行動。

「請問一下，大娘請了什麼樣的人買東西？」

「也不是什麼人，就是從別艘船借來的人手。我也沒期待會派多年輕的過來，但竟然真的丟了個不會做事的傢伙過來。就坐在那兒發呆，好像也不知道要幹什麼，所以我就先請他去買東西，結果搞成這樣。一個多時辰了都沒回來。」

大娘好像深感無奈，雙手一攤。

「喂——」

棧橋上傳來了女子的聲音。

「我來幫忙啦——有什麼要我做的——？」

貓貓等人與大娘的視線，朝向棧橋上的女子。

「人手好像現在才來了呢。」

「……呃，那我剛才拜託的人是誰？」

庸醫基本上都窩在藥房裡，似乎沒跟這大娘碰過面。

貓貓等人面面相覷，無奈地搖頭。

「大娘拜託那人去買什麼了？」

「也沒什麼，就是肥皂。在亞南的港口可以買到物美價廉的硬肥皂。便宜的皂水太臭了，在船上大家不喜歡。」

荔國人不常使用硬肥皂。

「請問哪裡有賣？」

「莫非妳願意幫我買來？這個嘛，街上的攤販就有賣了。」

「知道了。」

貓貓一行人的下個目的地就此決定。

「哦——那兒的衣裳不錯呢，要不要買回去？」

「嗯，滿好看的。這簪子很適合貓貓妳喔。」

「攤販的果子露怎麼樣？雖然顏色有點奇妙，但看起來挺好喝的。」

怪人軍師一來到市集就一直是這副德性。附帶一提，怪人挑的東西盡是些好像時代超前了一千年的衣裳或簪子，順便再來個感覺喝了會壞肚子的果子露。貓貓阻止副手，叫他別把荷包拿出來。

「哎呀～真是百看不膩呢，貓貓姑娘。」

徹底置身事外的雀手上拿著烤鳥串。用的不是雞肉，乾巴巴的都是骨頭，大概是被當成農田害鳥遭到驅除的麻雀之類的吧。

（不是已經發過告示說暫時別打麻雀了嗎？）

壬氏提出了這項措施作為蝗災對策之一。也許亞南雖為屬國，但並不在施行範圍之內。

「這樣不成了同類相食？」

「好吃就好！姑娘也請用。」

「謝謝。」

雀給了她一支，她帶著謝意吃了。雖然幾乎沒有嫩肉，但仍然有些人愛好此味。

「好，那麼副手大哥，小女子想再買一支。」

雀伸出手掌心，副手一臉傻眼地把零錢放在雀的手裡。要錢要得一派自然。

（原來不是妳出錢啊！）

雀實在是太會占便宜了。怪人軍師正在吃插在筷子上的水果。

貓貓一邊大嚼烤串，一邊尋找賣肥皂的攤販。

「硬肥皂很貴耶，用來打掃爐灶划算嗎？」

李白說得對。貓貓她們在洗衣服時也都是用灰，最好不過就是皂水。茘國沒有使用硬肥皂的習慣，市面上不太常見。

「我想在亞南應該沒那麼貴。」

貓貓拍拍旁邊的一棵樹。乍看像是棕櫚，但沒有棕櫚那種紋理粗糙的樹幹。頭頂上的高處結著大顆果實。

「這應該是名為椰子的植物。」

貓貓只在書本插畫上看過，有種同類植物的種子正是有名的檳榔子。除了可當成口嚼香菸使用，也被用作牙粉或驅蟲藥。

只是，現在眼前的這棵樹不是檳榔。

「視椰子的種類而定，可以採摘果實或是榨油。據說還有的椰子樹能結出像極了棗子的果子。還有一種叫做油椰子，正如其名可以煉油，混入海藻灰應該就能做成肥皂原料。」

至於要使它變硬，是要煮乾、曬乾還是與什麼材料調合就不知道了。

貓貓看看攤販。正好就在椰子樹下，有個賣椰子的販子。老闆在大果子上開洞，插入麥稈（吸管）。

「老闆，買一個……呃不，請給每個人都來一個。」

體貼的副手，竟替每人都買了一顆椰子。難得有這機會，貓貓就喝了。插著麥稈喝，可以嚐到少許的甜味與鹽味。

「我喜歡再甜一點。砂糖，有沒有砂糖？」

看來嗜甜的老傢伙覺得不夠好。

「我倒是喜歡鹹一點。」

聽到李白的感想，副手拿出用葉片盛著的某種白色東西。

「老闆說這請我們吃。好像是椰子的果肉。」

白色半透明的果肉淋上了魚醬。貓貓與李白伸手拿了往嘴裡塞。

「味道像烏賊膾呢。」

貓貓不討厭這種獨特的口感，感覺適於下酒。

「嗯——我不喜歡。咬起來硬硬軟軟的。」

椰子果肉似乎不合李白的口味。於是剩下的讓貓貓與雀吃了。

「不好意思，請問老闆知道哪裡有肥皂攤嗎？」

「肥皂攤麼？得再往裡頭走一點。他常常在整排兒的炸食攤旁邊擺攤。前面有個廣場，就常在那裡賣。」

講話有些不流暢，是亞南的口音。店主人對買了東西的客人很親切。

「還有，你們是茘人吧？你們裡頭有個硬漢大哥，渥是覺得應該沒事，但還是當心點啊。」

「當心什麼？」

李白瞇起眼睛。

「你們看起來不像，但現在茘人多了，難免有很多傢伙擺出瞧不起渥們的態度。昨晚啊，酒肆那裡好像有人鬧事。加上又增稅了，還有人說茘國看不上渥們的公主，把她趕出了後宮。你們可得當心點，別被人小家子氣挑毛病了。」

增稅是為了因應蝗災。公主被趕出去，說的可能是數年前芙蓉前嬪妃在後宮引起了幽魂騷動的事。

（這些都沒做錯。）

貓貓很想反駁，但想必是真的有些茘人態度不佳。有些是不習慣船旅弄得一肚子氣，其中應該也有人是認為遭到左遷而自暴自棄。

「喔——」

李白的眼神變了。

「那得早點找到醫官老叔才行啦。」

缺乏緊張感的庸醫落單，肯定會成為目標。

貓貓一行人丟掉喝完的椰子，就照著店主人說的往更裡頭走。

「有股好濃的甜香啊。」

「油味也是。」

整個廣場充滿了濃烈的氣味。

廣場本身鋪了石板，中央矗立著廟宇般的建築。廣場周圍林立著一圈樹木，其中也有果樹，結著小顆菴摩羅（芒果）。仔細找找也許還能找到茘枝，但從季節來說大概吃不了。

攤販似乎做的是廟口生意。甜香快把貓貓給嗆倒了，不過也有賣線香、蠟燭或護身符。

小吃有芝麻球或大麻花等。

怪人軍師已經在買了。雀也在伸手。副手忙得不可開交。

「肥皂攤呢？」

貓貓東張西望，看到了一個堆積著白色磚塊般東西的攤販。一行人立刻過去看看，店主人蹙額顰眉地招呼他們。

「……你們是茘人嗎？」

店主沒來由地瞪著他們。

「客人是哪兒來的有差別嗎？我們想買肥皂，多少錢？」

這位店主講話口音比椰子攤的大叔少。

「很不巧，我沒東西賣你們。你們去別家吧。」

店主把頭往旁一扭。

「……那就傷腦筋了。我想知道你為什麼不賣我們。」

李白常被人誤以為連腦袋裡都只有肌肉，其實懂得用理智做判斷。貓貓看沒自己出場的份，就退後一步觀察情勢。

店主動腦思考了一瞬間。李白臉上依然浮現著純真的可親笑容，等他開口。

「想買的話，請你們直接去做肥皂的店肆。肥皂是生活裡少不了的，要是有人抱著好玩心態全買走就麻煩了。現在進貨的價錢漲了，要是攤子這些賣完就只能漲價了。」

店主看似跟他們過不去，其實也是有苦衷的。他大可以一開始就這麼說，但彆扭的人講話總喜歡拐彎抹角。

雖然不管賣給誰賺的錢都一樣，但店主想必是為了當地居民，想用固定價格販售。況且附近就有街坊，居民來這兒買正方便。

「進貨價錢漲了？是有人買斷造成的嗎？」

「不，是材料燒了。說是發生火災。」

肥皂的材料是油，想必很好燒。

「這樣啊，謝過啦。你說做肥皂的店肆就在這裡頭嗎？」

李白露齒笑得討人喜愛地一說，店主懶洋洋地用手指給了他們看。

「從這裡直走，會看到火災的遺址。附近有間破木屋，人家就在那裡做肥皂。那邊有工匠出沒，去問問就知道了。只是他們可沒我這麼親切喔。」

「這樣啊，不好意思。既然大哥這麼親切，我想再問個問題。大哥今天有沒有看到個跟我們同樣是茘人的老叔，今天過來買肥皂？」

「老叔？……咦，你說的不會是那個大嬸吧？有點兒胖，眉毛垂得低低的。」

「對對，就是他。那人不是大嬸，是大叔。他去哪兒了？」

「他找我問了跟你們一樣的問題，所以我回了一樣的話，應該是往裡頭走去了。大概是在兩刻鐘（半小時）前吧。」

「哦！真是幫了我們個大忙。不好意思啊，問你這麼多問題。謝過了。」

見李白揮手，貓貓輕輕鞠個躬。這時怪人正在亂買攤販的小吃，雀在伸手要。他們在吃小吃的時候比較不會來鬧。

貓貓從旁看著雀，佩服她的適應力之強。可憐的是副手被整得團團轉。

「貓貓～妳看，是大麻花喔～」

怪人軍師遞出麻花想往貓貓的臉上按，她躲開了。大麻花就這樣向前移動，進了雀的嘴巴。

「謝謝招待。」

雀若無其事地擦嘴。真不知長了個什麼樣的胃。

一行人照著肥皂攤店主所說走了一段路，就進入了住宅街。四周各處種植了棕櫚代替庭園樹木。

「這種樹會結什麼果子？」

雀一臉認真地問她。

「果子可作為藥材，但沒聽人說過好吃。」

「那種它做什麼呢？」

「應該是因為可以做成平素使用的掃把與繩子什麼的吧。再說葉子也能入藥。」

雖然有不少用途，但雀似乎對不能吃的東西不感興趣。怪人可能是閒著沒事做，在拔棕櫚紋理粗糙的樹皮。

「羅漢大人，請別這樣。」

副手已經是一副瀕臨崩潰的神情。每天都是這樣的話胃藥可不能少。

「是不是那兒？」

雀看到了燒得半毀的房舍。後頭可以看到一些人聚集起來不知在做什麼。貓貓有種不祥的預感，急著趕去一看，就發現了熟悉的背影。

「就——說——了，不是我嘛——」

聲音聽起來很窩囊。只見快要哭出來的庸醫就在那兒。庸醫被幾個男子包圍著，其中一人揪住了他的衣襟。

「醫官大人！」

貓貓跑向庸醫的身邊，庸醫垂著鼻涕抱住了她。貓貓嫌礙事想把他拉開時，怪人軍師岔了進來。

「你對我女兒做什麼！」

老傢伙嘴巴沾著砂糖恫嚇人。

「哦，這個人是小姑娘的爹啊？」

庸醫畏怯之餘仍然問了一下。這個庸醫天性就是有點優哉游哉。

「毫無瓜葛。」

貓貓立即否認。

「你是哪裡來的什麼東西？報上名來。」

「羅漢大人您又記不得人家的名字。」

副手代替他盯著庸醫看。

「您就是醫官大人對吧？」

「呃，對，我就是。」

庸醫用手巾擦掉了鼻涕，但表情依然窩囊。

「喂，你們幾個，跟者傢伙認識麼？」

講話帶口音的人，是個衣服骯髒、膚色淺黑的男子。年紀還很輕，血氣方剛。腳邊放了個盛著濁油的甕。

庸醫想躲到貓貓背後，害得貓貓被往前推。怪人軍師走上前去護著她。

（省省吧，你出面只會把問題搞得更複雜。）

貓貓正如此想時，李白再次面露純真的笑容，走到怪人軍師的前面。

「是啊，這個老叔和我們是一起的，他怎麼了嗎？」
李白盡忠職守當一個好護衛。氣質有如大型犬的男子，當看門狗當得無可挑剔。周圍的男子們也竊竊私語起來。
「自、自己不會看啊？就是者個啦，者個。」
膚色淺黑的男子一手指向牆壁。燒焦的磚牆被水弄得溼答答的，地上放著看似起火原因的木箱。
「木箱起火嘞，者個老傢伙就在箱子旁邊，所以是他放的火。上次的火災一定也是者傢伙幹的！」
「不、不是我啦。我只是來買肥皂的～」
「明明看你一直在者附近晃來晃去。渥看就是你放的火！」
「先冷靜下來吧。我明白你的意思，但也該聽聽我們這邊的說法。」
李白絕不大吼大叫。但是大型犬的眼睛就像教訓犬崽一樣，銳利地盯住男子的眼睛。包圍庸醫的男子們共有五人，一身健壯的肌肉，但沒有一個體格能與李白相比。
男子本來還想說什麼，但被李白盯著，不敢說話。
貓貓從後方觀察這群男子。油甕加上眾人皆一身骯髒，再想到地方是肥皂舖的門口，也許是肥皂匠。

牆上焦痕潑了水，而且四周也有燒焦味。可以推測此處是在付之一炬後，剛才又發生了小火災。

「首先，我不太清楚火災的詳情，但這老叔是昨天傍晚才來到亞南的，之前都在坐船漂流，這我可以擔保。這你們懂吧？」

男子們交頭接耳。

「懂嘞。可是，箱子起火燃燒時，旁邊只有者個老傢伙。者你能解釋麼？」

「起火燃燒？」

李白重講一遍向庸醫做確認。

「不、不是我啦。它就忽然起火了，我什麼都沒做。」

「胡說八道！那它怎麼會燒起來的？」

「就是啊。」

「怎麼可能會平白無故起火？」

周圍的男子們也紛紛附和。

「啊——知道了知道了。就說了冷靜點嘛。」

貓貓推開庸醫，探頭去看燒焦的箱子。可以看到裡頭有某種纖維狀的東西以及一些顆粒，都燒成了黑炭。

「貓貓啊——那個很髒的。還是買攤販的小吃當伴手禮，早點回去了吧？」
偏偏有個怪人完全沒把主要目的放進腦子裡。
「都吃甜的會不均衡，不如回程再買一支串燒吧？除了雞肉，蝦子也很美味的。」
還有個怪胎滿腦子只想著吃。
「怎、怎麼連雀姊都這樣！」
庸醫窩囊地嚷嚷。
「但也不能把他丟著不管，就買了肥皂趕緊回去吧。」
「喂！渥看你們才是沒在聽渥們說話吧！」
眾肥皂匠破口大罵起來。
「小女子有在聽。簡言之，只要能拿出證據證明這位大人不是縱火犯人，就沒問題了吧。」
貓貓看向揪住庸醫衣襟的男子。
「對。但是得讓渥們心服口服。」
「小女子明白了。若是不能服眾，要賠多少，那邊那個老傢伙會賠。」
「貓、貓貓小姐！」
副手發出快哭出來的聲音。那邊那個老傢伙指的就是怪人軍師。

工匠們議論紛紛，很快就商議出了結論。

「可以，你們可不能賴帳啊。」

「好。但如果是冤枉了他，請各位用原價賣肥皂給我們。」

「可以。」

「那就……」

貓貓看看燒焦的箱子。

「這是用來當成垃圾箱嗎？」

她把燒焦的木箱翻過來。弄溼的纖維原來是棕櫚樹皮。另外還散落著燒焦的小圓球。

「對。」

「棕櫚樹皮可是用來做肥皂的？」

「棕櫚是用來做刷子的。渥們不是只做肥皂。」

肥皂與刷子能夠搭配使用，一起製作販賣並不奇怪。

「那麼，這個焦黑的東西是油渣嗎？」

「是啊。」

油渣，顧名思義就是油炸東西剩下的渣子。無論材料如何豐富，做肥皂總是需要大量的油。要在平常生活中使用，東西就得便宜。那麼如何才能節省物料錢？

「原來是用廢油當成肥皂材料啊。」
市集裡擺出了許多炸食攤，材料來源似乎多得是。
「不是全部就是嘞。那跟者有什麼關係？」
「有關係。然後油渣就是丟在這兒吧？」
「是啊。」
貓貓盯著男子們瞧，確認一下太陽的高度。還只是近午時分。
（雖然有點奇怪，但現在就勉強湊合一下吧。）
貓貓一邊左思右想，一邊看看燒焦的油渣。
「油渣是從油瀝出來的嗎？」
「喏，就是那個。」
她望向工匠指著的方向，那兒擺著好幾鍋滿滿的油。旁邊用鐵絲編成的篩子上蓋著布。
「油都是趁熱濾的吧？」
油一涼掉就很難過濾。篩網用金屬做成，想必就是為了能放心倒入熱油。
（布是木棉嗎？）
「是啊。渥們者兒會趁熱回收。最近一些同行會大老遠跑來者兒拿油，得用搶的。」
貓貓邊點頭邊往篩網裡看。裡頭沒多少油渣。

「然後，不要的油渣就丟掉了？」
「是可以吃，但量太多嘞。」
「會把這篩子裝滿嗎？」
「有時會，但都在裝滿之前就扔嘞。」
貓貓眉毛一揚，視線轉向燒焦的垃圾箱。
「感覺垃圾箱似乎遠了點，並不是有人搬動吧？」
「……也是，這兒本來就有一個了，怎麼會丟到那兒去？」
男子不解地探頭看看放在篩子旁邊的大甕。
「喂，是誰丟的？」
貓貓把視線拋向其他交頭接耳的工匠們。
「小姑娘，有辦法解決嗎？」
庸醫用小動物般的大眼睛看她。她緊張地以為怪人軍師又要岔進來了，但他沒過來。一看才發現他在觀察那些肥皂匠，有時還會靠過去盯著打量，惹來一臉的排斥。副手馬上就去道歉，看了都替他累。
（分明不會分辨長相。）
怪人記不得別人的長相。而這也是他不愛搭理親屬以外之人的原因，因此貓貓很好奇他

為何要看那些人，但不想開口問。

（好了，現在怎麼辦呢？）

證明庸醫清白的證據幾乎都湊齊了，她打算開始解釋，但想先準備一個花招。

「雀姊雀姊。」

「是是，有何指教啊，貓貓姑娘貓貓姑娘。」

貓貓在雀耳邊嘀咕幾句。雀把不算太大的眼睛睜到最大，說聲：「懂了。」就開始行動。

雀可能還要點工夫才會回來。貓貓一面觀察對方的反應，一面計算時機。

「不好意思。那麼小女子想解釋起火的原因，可否請各位到這兒來？」

貓貓呼喚正在討論的工匠們。

「好，知道嘞。」

「妳會把事情解釋清楚吧？」

「我會的，不是有人縱火，是自然起火。所以這位大人無罪。」

貓貓拍拍庸醫的肩膀。

「小、小姑娘！」

庸醫看著貓貓，渾身發抖。

「怎麼了，醫官大人？」

「這樣講，人家不會服氣的啦！他們都在瞪妳了！」

的確是一副可怕的嘴臉。

「是，小女子明白。只說自然起火是無法讓人信服的。」

「沒錯。妳說說為什麼會起火？別因為不想賠錢，就隨口亂講！」

「不是亂講。大量的油渣，就是火災的起因。」

貓貓拈起篩子裡殘留的油渣。

「把剛起鍋的大量油渣擺著，有時會造成內側蓄熱而起火。除了油渣之外，沾油的布等也會起火。」

「……自己起火？哪有者種離譜的事。」

「就是有。各位請看。」

雀發出啪噠啪噠的腳步聲跑回來了。手裡拿著大鍋，裝了快要滿出來的一大堆油渣。

「貓貓姑娘，給妳拿來了。」

「謝謝妳，雀姊。」

她請雀火速去收集了油渣過來。

「不會不會，這可以報帳的嗎？油渣不夠，我勉強請人家多炸了一些來，還挺貴的。」

「請跟那邊那位副手大哥要。」

貓貓絲毫無意付帳。

這事就交給了給怪人軍師餵食，不讓他亂惹麻煩的副手處理。怪人軍師邊吃油炸點心，還在看那些肥皂工匠。對他人不感興趣的怪人很少會這樣。

「好了，小女子手邊的這些油渣，各位猜猜一直擱著會怎樣？」

「妳是想說會起火燃燒嗎？很抱歉，渥看馬上就會涼掉嘞。」

肥皂工匠搖頭否定。

「真是這樣嗎？」

貓貓咧嘴一笑，把油渣放進裝垃圾的甕裡。

「……」

「根本沒怎樣嘛。」

「請稍安勿躁。」

貓貓瞄一眼雀。雀正在從手裡變出假花玩耍。

「喂，要不要緊啊，小姑娘？」

李白也用懷疑的目光看她。他離甕比較遠一點，可能是以前爆炸燒焦了頭髮學乖了。

「請再稍候片刻。」

「哎，無聊透頂。者是在浪費時辰，渥要回去幹活。」

就在一名工匠想離開現場時，事情發生了。

一股焦臭隨著微熱空氣飄來。甕裡開始冒煙。

「……真的起火了？」

工匠急忙往甕走來。

「喂，靠近不會怎樣吧？」

「不會爆炸的，大概。」

貓貓也靠過去瞧瞧。雖然看不到火，但溫度高到像是隨時會燒起來。

「就像這樣，油渣會自然發火。因此我在猜想，火災的原因可能就是油渣吧？」

「等、等一下。假如者麼容易就會起火，那以前都沒發生過火災豈不是怪嘞？者幾十年來，今天也才第二次燒起來耶。」

「各位是從很久以前，就總是趁熱丟棄大量油渣嗎？」

「不、不是，是最近才者樣大量丟棄油渣。」

記得他們剛才說過在跟新販子搶原料油。應該就是因為這樣，才會不顧危險回收熱油，一起過濾之後丟掉油渣吧。

（熱油不放涼就收集很危險的。）

貓貓看著大油甕如此心想。

「你似乎不願意相信，但就像這樣，是會自然起火的。」

「……」

工匠一副不相信的神情。貓貓一開始聽到的時候也不相信，所以也自己做實驗確認過。

話說回來，貓貓在這件事情上取了兩個巧。

其實油渣要起火應該會更花時辰。她自己做過實驗所以知道。

（那時候費了好幾個時辰呢。）

當時用的不是油渣，而是拿塊破布吸了高揮發性的精油擺著。區區幾塊布不足以發火，她疊起了好幾塊布讓內部蓄熱，但還是沒起火，她不小心打起瞌睡，結果造成了小火災。所幸貓貓還沒變成黑炭，就被人用水潑醒了。

（可惜沒看到燒起來的那一瞬間。）

她想再確認一次卻挨了罵，叫她不許再做這種實驗。

以這次的狀況來說，她認為耗太久會讓工匠們不耐煩，所以請雀動了點手腳。

也就是除了大量的油渣，還託她準備了火種。

擅長變戲法的雀沒引人起疑就把火種給了她。只要把火種跟油渣一起放進甕裡就行了。

（幸好有順利起火。）

雖然這種說服方式有點像在耍詐，但沒法子。
至於第二個取巧是——
貓貓認為第一場火災的原因，就是她剛才解釋的狀況無誤。只是關於方才庸醫眼前起的火，就有些難解釋了。
（是不至於辦不到，但不太可能。）
起火燃燒的垃圾箱裡，有著燒焦的棕櫚與油渣。只是以自然起火來說，分量太少了。貓貓做過的實驗雖然有著油渣與布的差異，但就她所看到的，必須是更能蓄熱的環境才會起火。
（最大的問題是，為什麼要特地扔在這種木製的垃圾箱裡？）
羅門要是在場，大概會對她說「不要說沒根據的話」吧。
貓貓正在思考時，盯著男子們瞧的怪人軍師有動作了。也許是油炸點心吃完了。
「我說啊，你為什麼一直把錯怪到別人身上？」
「嗄？」
怪人軍師說出了一句莫名其妙的話。雖然原本就是個莫名其妙的人，但這次是真的莫名其妙。
「呃，羅漢大人的意思是說有人在說謊，而那個人就是犯人。」

副手急忙前來通譯。

「是、是誰？」

庸醫用哀求的目光看怪人軍師。

「最旁邊的那顆黑棋子。」

「羅漢大人都把分辨不出長相的人稱為棋子。」

這副手也夠辛苦的了，恐怕是今天的最大功臣。雖然貓貓不知他姓甚名誰。

「你有甚麼根據者麼說？你說渥在說謊？」

被叫做黑棋子的男人頂嘴說道。

「你在眨眼睛，心跳聲很大，有汗臭味。」

「呃……抱歉，下官也不甚明白。」

連副手都投降了。

（人在說謊時，會增加眨眼次數、心跳加快、不舒服地流汗。）

宮廷裡人人都說，在怪人軍師面前撒不了謊。本來以為那是毫無道理的野生直覺，想不到是有他合理的判斷。

（阿爹說過……）

怪人軍師雖無法分辨人的長相，但還是看得出每個部位。知道眼睛鼻子的形狀，只是整個加起來完全看不出是什麼樣的人臉罷了。因此阿爹說怪人認人不是看臉，用的是別種判斷方式。

聲音、動作、習慣或體味。

也許怪人在觀察能力上，優秀到無人能及。

（但是對他人幾乎不感興趣，所以沒派上多少用場。）

不，在公務上其實有派上用場。這個無藥可救的老傢伙，只有發掘優秀人才的能耐令他人難望項背。

「你少血口噴人！」

「但你身上有菸味，很臭。雖然被肥皂香料、蜂蜜與香草味蓋掉了大半，但我看你剛剛還在抽菸吧？」

聽到單片眼鏡的奇怪老傢伙這麼說，肥皂匠們的目光都轉向遭到懷疑的男子。

「喂，你不是戒菸了麼？」

「跟你說作坊要用油不能抽菸嘞，難道你跑來者兒抽？」

工匠們七嘴八舌地逼問被指稱說謊的男子，從說謊男子的懷中翻出了香菸。

（原來是香菸的火啊。）

這下就知道是怎麼著火的了。男子拿丟垃圾當藉口休息，躲到沒有其他工匠的地方抽菸。拿來的垃圾是油渣與棕櫚；棕櫚是纖維狀容易著火，油渣則是跟油沒兩樣。只要把香菸的菸灰一丟進去——

火不會立刻點著。起初是悶燒，等到庸醫經過附近時才終於起火燃燒。

怪人軍師之所以說那人撒謊，想必是因為男子也隱約猜到自己的香菸成了火種。但要是穿幫，人家會連上次的火災一起跟他算帳。

藏在身上的香菸似乎成了證據，說謊的男子被其他工匠聯合起來罵。

「呃……終於得救了——」

庸醫鬆了一口氣，摸摸胸口。

「真是太好了呢。請買支珊瑚簪子什麼的給雀姊，以示謝意。」

雀抓準機會跟人家伸手。

貓貓站到忙著罵人的男子們面前。

「那個——不好意思。」

貓貓只要能確定庸醫無罪就滿意了。再來就是——

「我要買肥皂。」

她只想早早把這麻煩的跑腿辦完。

二十話　拍牆

這一天過得實在太充實了。好吧，雖說中午也才剛過，但總覺得好漫長。

庸醫果不其然，在茅廁弄掉了鑰匙。

「就是啊，我進不了藥房正在傷腦筋時，人家就叫我去跑腿。」

一如貓貓的預料。庸醫好像是還來不及推辭就被吩咐，不情不願地下了船。他說反正市集近，本來以為很快就能回來了。

貓貓把備用鑰匙交給庸醫，再次回到宮殿。

她絲毫無意照顧怪人軍師，本打算速速找人把他帶走，結果是杞人憂天。老傢伙走路、吃東西之後就要睡個好覺，過著與三歲小孩無異的生活，人家一叫就不敢睡意回房間去了。

最可憐的是副手。希望他晚點可以好好休息一下。

貓貓也回到房間。

「我就在隔壁房間。」

李白在相鄰的房間候命，一有異狀就會趕來，十分可靠。

（那如果沒事，我也睡覺吧。）

她懶洋洋地躺到床上，心裡忽然升起一把無名火。

雖說要怪庸醫到處亂跑，但他本來就沒什麼防人之心，並不適合帶來這種地方。

（不是我要說，帶庸醫來幹麼啊！）

總歸就是這句話。

庸醫為人大方所以完全不抱持疑問，但他若是被帶來當成替身，最糟的情況下有可能遭人誘拐。

說是為了羅門著想……不，實際上是在替誰著想？

（阿爹一旦出事，誰的反應最大？）

怪人軍師……不，反應更大的是——

貓貓把臉按在褥子上，雙腳交替著踢被子。

「姑娘似乎很忙呢。」

氣得跺腳般的動作被雀瞧見了。不知她是何時進來的。

「失禮了，瞧我弄得灰塵亂飛。」

貓貓若無其事地坐起來，把床鋪好。

「不會。話說我們現在得去月君的房間，姑娘方便嗎？」

「去見月君？現在還是白天啊。」

貓貓大多是在壬氏沐浴過後才為他換藥。因為重新上藥之後再去沐浴就沒意義了。

「是，去了就知道了。我給妳拿熱水來了，請把身體擦擦吧。」

雀發出輕快的啪啪腳步聲，為貓貓準備衣裳。看來意思是在外頭走出了一身汗，必須更衣。雀就像個侍女在伺候貓貓，卻一邊準備一邊搖屁股跳舞。看著是很有趣，但好像會很累。

（所以胃口才那麼好？）

老是跳奇怪的舞，或是耍戲法，不必要地花費勞力。

貓貓一面恍然大悟，一面接過雀準備的衣裳。不過衣服就跟昨日拿到的那件一樣。看來同樣的衣服可能還有好幾件。

貓貓迅速擦過身體，換上了衣裳。

「失禮了。」

貓貓走進壬氏待著的房間。壬氏畢竟是國賓，房間陳設的豪華自然無需贅言。大小也有貓貓房間的數倍，分成了幾個小房間。外頭可以看到露臺。

「請進。」

水蓮出來相迎，面露柔和笑靨把貓貓帶往房間深處。

在一面簾帳的後方，壬氏悠然自適地坐在臥榻上。兩側站著高順與桃美。雀那名喚馬良的夫君不在，也許是在隔壁房間吧。

（哦哦，高順夫妻。）

貓貓覺得桃美似乎比水蓮更適合帶她進來，但也許是老嬤子一片好意，不想減少夫妻在一起的機會。這對夫妻兩人都忙，可能少有相處的機會。

之前聽說高順懼內，一看果然是桃美年紀較大。整個人微微散發出女大男少的大媳婦味。

昨夜忙於宴席等各種事情，貓貓沒造訪壬氏的房間。如今一看，皇族受到的款待果然不一樣。桌上整齊擺著貓貓房間裡沒有的各色水果，連季節尚嫌太早的荔枝、菴摩羅與香蕉都有。

（不知是怎麼種的？）

貓貓對這些幾乎只看過果乾或圖畫的水果起了興趣。感覺雀似乎在貓貓的斜後方眼睛一亮。

她險些受到雀的影響伸手去碰，但當然不能那樣放肆。不光是老嬤子，桃美也用一隻眼睛盯緊了她。高順依然用平素那副表情暗示她「別胡來」。

貓貓重新打起精神，看向壬氏。

「不知有何吩咐？」

口氣之所以有點僵硬，只因她還有點為方才的事生氣。

「不，與其說有事吩咐……妳先等會。」

「貓貓。」

水蓮把手搭在貓貓的肩上。

「有客人要來，妳先到後頭迴避一下。」

「……是。」

把人叫來又叫她退下，到底是何心態？

一名高大的男子走進房裡，身旁跟著一名女子。男子百般呵護地扶著女子的身體。

（咦，那個人是？）

貓貓對那女子的相貌有印象。是一位看起來柔心弱骨的美女。

「此番芙蓉夫人喜獲貴子，實在可喜可賀。請原諒我道賀得晚了。」

聽到壬氏的聲音，她才知道來者是誰。

（芙蓉！）

正是以前在後宮引發幽魂騷動的犯人。這位患夢遊病的娘娘曾在宮牆上起舞。

這麼說，陪伴在身旁的男子，或許就是得到賜婚的武官了。

「月君昔日大恩，芙蓉從不曾忘。我能像這樣回到故國，也是多虧了月君相助。」

芙蓉緩緩彎腰。她雖穿著輕柔的衣裳，身子骨兒卻顯得有些沉重。乍看之下看不出來，但衣裳底下也許挺著大肚子。

男子之所以不開口，或許是因為在這場合，妻子比丈夫的地位高。

「若不是有月君美言，芙蓉想必無法像這樣回到故鄉。」

（難道說……）

抵達亞南時，與貓貓乘不同馬車的那些人也許正是芙蓉一行人。

李白說過茘國不會放優秀的武官走，但似乎以懷孕為由准許芙蓉回故國。而助她歸國的正是壬氏。

（那丈夫呢？）

是會繼續留在茘國，抑或是回亞南？

這方面貓貓就不清楚了，不過能在祖國產子是天大的好事。

（是這麼回事啊。）

大概是想讓貓貓見到他們一面吧。

可是，有點小問題。

（那個案子，我什麼都沒做耶。）
當時壬氏命貓貓治好芙蓉的夢遊病。但貓貓猜夢遊只是裝病，而從此刻的狀況看來應該是確定了。然而，貓貓並未向壬氏呈報此事。
（……難道說被他發現了？）
貓貓偷偷跟玉葉后講過真相，但不認為是她說出去的。
假若壬氏早已察覺貓貓曾祖護芙蓉，那真教人有些尷尬。
同時，芙蓉幸福的模樣也讓她感到放心。
芙蓉夫妻態度懇切地與壬氏會面，說了些話之後就離開了房間。
（看來是一對恩愛佳偶。）
即使只有短暫的工夫也看得出來。武官關懷芙蓉的態度讓貓貓看著都害臊。
得以與芙蓉成婚是武官立的功勳，但後來能回國就是壬氏的功勞了。而芙蓉應該也知道壬氏在後宮做了些什麼。
（總覺得這人有點濫好人，或者該說……）
天性就是容易心軟。
以做人而論是美德，以掌權者而論卻是弱點。
（優柔寡斷。）

白天庸醫那事也能拿來一塊兒想。壬氏像是在利用庸醫，但說到底仍然是出於心裡的不忍。

壬氏有點過度貶低自己的能力。

（你已經做得很好了。）

只是，他什麼都太愛往身上扛了。

只要懂得取捨，有些事情其實能進行得更順利，他卻忍不住要出手相助。愈是有助人的力量就愈是往身上扛，結果磨耗的是自己的心力。

（很像某人。）

貓貓想起她長年景仰的人物。他也是個磨耗自己的心力，一生盡力助人的仁者。是貓貓在這世上最尊敬的人。

（庸醫之所以被捲入這事，或許得怪我。）

若是羅門遇到危險，貓貓會是最驚慌的人。

壬氏以為政者而論仁慈善良，但也還有些過於天真。

（所以才能做出那種傻事。）

壬氏為何要做出那種蠢事？

『妳也得負一半責任。』

這是玉葉后說過的話。

壬氏責任心強，本來應該更懂得多方思慮。應該能等到東宮他們再長大一點。

可是，他辦不到。

（真是個好事之人。）

她不由得深有此感。

壬氏是湊巧看上了一個奇珍異獸。不諳世事的小少爺沒能在芸芸眾生當中找到下一個玩具。就像雛鳥的銘印作用，盲信這件玩具就是唯一。

（既然這樣，大可以把我當成一件物品，任意下令就是了。）

可是，小少爺又心軟辦不到，於是選擇了更殘酷的手段。

壬氏給自己烙印時，貓貓認為最受傷害的不是他自己，而是皇上。胡想變成了猜想，猜想又漸漸變成了實際感受。壬氏與皇上真正的關係是……

（皇上才是壬氏的親生父親。）

假若作為皇弟而活的壬氏，變成了理應已死的東宮——壬氏想必也不會做出那種魯莽的舉動。

所以，貓貓絕不能說出壬氏與皇上真正的關係。

……怎說得出口？

這麼一來，貓貓也就無路可走了。

（我該如何是好……）

她一面作如此想，一面卻也覺得答案已經呼之欲出。

「好了，妳可以出來了。」

水蓮往她背後推了一把。話中有話的口氣讓貓貓不太高興，但無可奈何。

「原來總管是想讓小女子知道芙蓉娘娘後來怎麼了。」

貓貓把方才正在思索的問題暫且推到腦海角落，低頭致謝。

「沒什麼。關於芙蓉夫人，畢竟孤之前委託過妳，覺得讓妳知道一下也好。」

「是，小女子心裡爽快多了。」

貓貓偷瞄一眼四周。她就是覺得壬氏在顧慮她的心情。

（……沒法子了。）

無意間，貓貓望向露臺。

「這個房間似乎相當氣派，還設了露臺呢。」

「妳好奇的話看看無妨。」

「那就恭敬不如從命。」

貓貓邁著大步往露臺走去。

「小貓！」

高順想阻止她，但她眼角瞄到壬氏制止了高順。

貓貓來到露臺上。

（哦哦。）

本來以為只要有弓箭或突火槍，這個地點正適合用於行刺——

（原來藏在樹蔭裡難以瞄準，周圍也沒有可供狙擊的地點。）

貓貓覺得這應該是做過了安全考量。雖然只是外行人的觀感，但最起碼得做這點考量，才配得上讓權貴顯要歇宿過夜。

因此即使壬氏跟在貓貓後頭一個人過來，也沒有人尾隨。桃美對高順說了些話。不管怎麼看，高順都是一副不敢忤逆娘子的模樣。

（雖然感覺好像刻意撮合，實在不太愉快……）

但總算是與壬氏獨處了。雖然之後還是會看燒傷痕跡，但貓貓想在改變心意之前把話說清楚。

「聽說妳今日到街上蹓躂了。」

「是，也聽到了街坊百姓對茘國的觀感。」

雖然稱不上受百姓愛戴，至少看起來沒有要舉事的跡象。

（只是關係一旦良好，又有可能給國賓安排姑娘就是了。）

「壬總管今夜也得當心了。」

每次都有可能讓女子爬上他的床。

「怎麼突然說這個？」

壬氏此時沒有隨從盯著，就靠到了牆壁上。看來不是只有高順在桃美面前會緊張。

「只要想想後宮時期的夜晚，您應該也猜得出幾分吧？」

「嗯？」

壬氏不知是否想起了類似的事，露出詫異的神情。

繼而，又露出有話想說但難以講明的表情。

「呃，事情就是這樣，芙蓉夫人要歸寧了。說取而代之是不太恰當，總之亞南王的姪女可能會進入後宮。」

「那可得費心了。」

「是啊，還有玉葉后的姪女也將入宮。」

「這小女子聽過了。是誰選擇逃到此地來的？」

貓貓做複習似的問他。

「壬總管已經不是壬總管了，竊以為您只管辦好自己的差就好，別老是插手後宮的管理事務。」

「孤也是這麼想的，但又無法擺脫乾淨。」

貓貓冷眼看著壬氏。

壬氏不安地回望她的眼睛。

貓貓再次感到一陣惱火。

「壬總管，您貴為掌權者，態度大可以再傲慢一點。」

「……孤明白。」

「能利用的東西就該利用。」

「……孤正是這麼做的。」

「既然如此……」

貓貓靠近壬氏。

她咧嘴一笑，抬頭看著壬氏踮起了腳尖，右手一掌拍在牆壁上，把壬氏圍在中間。

壬氏睜圓眼睛。

「我不喜歡被人利用。但是——」

她用只有壬氏聽得見的聲量呢喃。

「舉棋不定的顧慮更是給我找麻煩。與其變成別人的包袱，我寧可被當成工具利用。

您的迷惘就等於一國的迷惘，一時的迷惘有時會害死數萬百姓。反正都會後悔，就請您別猶豫，做了選擇就果決地走下去吧。」

貓貓臉往後退開，遠離壬氏。

「要利用就利用得明確點。藥就是給人拿來用的。」

貓貓闔起眼睛，長吁一口氣。

一直氣在心裡的事情，一說出口就停不下來了。

貓貓不是大戶千金，是開藥舖的。要利用她就利用，用盡她的一切價值便是。當然如果能逃避，她也很想逃，但做事不乾不脆反而不好。

貓貓還有很多話想說，但她心想，至多也只能說這些了——

然而，貓貓心裡的無名火似乎還含有不同的意涵。貓貓的手自然而然地碰到壬氏的臉。

「壬總管是人，不是能解救天下蒼生的天仙。」

貓貓雙手捧著壬氏的雙頰，用左手的指尖輕觸臉上的傷。

「是會受傷、倒下的人。」

這話是對誰說的？

貓貓眼前的人分明是壬氏，浮現腦海的羅門容顏卻揮之不去。

（難怪我會火冒三丈。）

壬氏的行動理論跟羅門很像。

再這樣下去，勢必只能度過自認倒楣的人生。

（就像阿爹。）

捨己為人只求濟世救人，多傻啊。

分明可以企求更多，卻選擇忍耐。

忍耐、忍耐、忍耐到最後……

結果成了個對某些事情死心的老人。

這可說是貓貓對養父的唯一反感。在砂歐巫女的案件當中，她深有此感。

貓貓尊敬羅門。不管遭逢何種不幸，仍能保留慈善之心的羅門堪稱難能可貴。

但相對地，他的身心都被磨損得不成人形。變得以放棄為前提採取行動。

壬氏是否總有一天也會變成那樣？還是——

「請您千萬不要再做出烙印那種行為了。」

「不用說這麼多次，孤明白……」

「真的明白嗎？」

貓貓輕聲一笑，緩緩鬆開了雙手。

然而手卻無法從臉頰上拿開。壬氏握住了貓貓的兩隻手腕。

「請總管放手。」

「不放。」

講話像孩子似的。壬氏講話方式偶爾會變得幼稚。

「小女子差不多想回去了。」

「再待一下，又有何妨？」

「高侍衛會擔心的。」

「那就給孤一點補充。」

「補充？」

壬氏鬆手後大大張開了雙臂。

（要我跟你擁抱？）

貓貓立刻就想拒絕，但張開的雙臂沒伸向貓貓，而是變成了接納某種東西的姿勢。

「總管要我做什麼？」

「……本來是想擁抱妳的，但覺得孤現在需要的不是那個。」

壬氏輕拍幾下沒有傷疤的左頰。

「給孤一個激勵吧。」

「……要我打您？」

「狠狠地打，像以前打水晶宮的侍女時那樣。」
兩眼發亮地做這種要求，是要貓貓如何是好？而且還把那種討厭的事情記在心裡。
「您忘了我剛才說了什麼嗎？」
分明已經叫他不准再做烙印那種事了，沒兩下又想做出自殘行為。
「孤明白。但這個不會留下傷疤。」
「會紅腫的！」
到時挨罵的是貓貓。人家是信任貓貓才會讓他們倆獨處，怎能辜負這份好意？
「拜託。」
「辦不到！」
「孤求妳了！」
壬氏慢慢跪下了。
「再也沒有人能給孤指示了。」
壬氏發洩般地說了。
高順或水蓮都會講他的不是，但終究是出於臣子的立場。
要說誰能明確否定壬氏的意見，那只有皇上了。
（沒人能給你指示，是吧。）

壬氏自請貶為人臣，等於是斬斷了與皇上的關係。
（我無從得知兩人談過什麼，又是如何相處。）
只是她聽說，在世間所說的皇族血親當中可謂感情相當融洽。
（分明是自作自受……）
或許正因為如此才不願寬以待己吧，貓貓只能嘆氣。
「我明白了。請總管閉上眼睛。」
「拜託妳了。」
貓貓舉手甩了壬氏一個大巴掌，發出響亮的「啪」一聲。
「！」
見壬氏想睜開眼睛，貓貓輕輕用手掌蓋住壬氏的眼瞼。
「請讓我瞧瞧。」
貓貓的手都在痛了，壬氏的臉頰想必更痛。她看著那臉頰慢慢泛紅變熱。
（肯定會被水蓮看出來。）
會不會生氣就看壬氏如何應對了。
「痛痛飛走吧。」
貓貓想起白鈴小姐常常對她說的咒語，在紅紅的臉頰上輕輕一吻。嘴唇比指尖更涼，感覺到了臉頰的更多溫度。
（雖然不可能有用就是。）
但不可思議的是，臉頰的紅腫竟變得不明顯了。
（紅腫消失了？不……）
不對，是壬氏的整張臉都染紅了。貓貓緩緩挪開蓋住壬氏眼瞼的手。
壬氏別開目光不看貓貓，手卻抓著貓貓不放。
「貓、貓貓。」
「什麼事？」
貓貓稍稍往後退。
「給另一邊也來一下。」
這次換成把帶傷的右頰對著她了。
「……不要。」
貓貓半睜著眼，狠狠瞪了壬氏一眼。

終話

貓貓探頭看看窗外。窄窗的後方，接連著出現了一艘艘的船。那些是旅途中，隨著每次靠港而增加的商船。由於同樣是前往西都，也許是藉此預防海盜。

「就這樣，漫長的船旅也即將抵達目的地。」

「雀姊，妳在說些什麼啊？」

庸醫向一臉理所當然地待在船上藥房休憩的雀問道。

「沒有，只是覺得這時應該會敘述內心情感，所以試著加上去了。」

「我不懂妳的意思。妳總是說些不可思議的話呢。」

庸醫偏頭不解。雀這個奇女子的確是會說些難解的話，不過世上總會有幾個像她這樣的生物。

貓貓離開窗邊，決定來清點藥品剩下的數量。如同雀說過的，船很快就會抵達目的地西都了。她得考慮是否該補充些藥品，庸醫這個重要人物卻跟平素一樣只會聊天。

加入李白的行列，現在雀也會跑來藥房混了。本人云：「我在當差。」但貓貓倒覺得應該是「我在偷懶」才對。

「醫官大人，請您好歹也把藥品數量登記一下。」

貓貓把簿本與筆墨拿給他。這並不費事，貓貓自己也能做完，只是覺得不能太縱容庸醫。

「我也來幫忙如何？」

「不了。讓醫師以外的人碰，日後要受責罵的。」

「真可惜。雀姊對毒物也是很懂的喔。」

真懂得毛遂自薦。大概是想在偷懶的地方求個位置吧。

「畢竟妳都會試毒了嘛。」

貓貓想起在亞南國的遭遇。

宴席試毒、庸醫失蹤、給壬氏一巴掌……

最後那件事著實讓她為難。

貓貓把右手貼在自己的唇上。

（我怎麼會做出那種事來？）

貓貓應該很明白咒語什麼的根本無效。她對待壬氏卻像在哄個孩子。

露臺可能本來就是作為密會之用，幸好沒被房間裡的眾人聽見。要是被水蓮、桃美與高順聽見了，後果不堪設想。感覺只有雀會覺得好玩。

此外，壬氏所說的「給另一邊也來一下」似乎只是想得到激勵。他特別聲明，說那句話絕不是出於被虐喜好。

（少來，用那種表情跟我講那種話，不那麼想才怪。）

至於臉頰紅腫的壬氏，則說是回房間前自己狠狠給了自己一巴掌。

面對急著追問兩人做了什麼的水蓮等人，壬氏笑著大言不慚地說：「不過是給自己一個激勵罷了。」

貓貓只能下定決心悶不吭聲。

真的累死她了。

「啊——在亞南國玩得真開心。西都也好令人期待喔——」

雀的小眼睛閃閃發亮。她從指尖變出小花、旗子，不知怎地還跑出了鴿子，但那方面的吐槽已經被庸醫與李白做盡了。事到如今不需要貓貓再吐槽，只是有件小事令她好奇——

「這是怎麼弄的？」

「哦哦，對雀姊的戲法有興趣了是吧？」

雀自豪地翹起小小的蓮霧鼻。

「嗯，因為這類戲法感覺很需要技術。」

貓貓之前去看過白娘娘登臺獻技，但那與其說是技術，比較偏向活用知識的機關。

「姑娘想做什麼？」

「我是想說哪個大官要我獻技解悶時，可以拿來表演。」

貓貓的青樓笑話總是冷場，所以她想弄點別的小花樣。能熱熱鬧鬧地逗看官開心的技藝最好了。

「很不巧，我在船上已經表演給月君看過了，至於皇上更是頭一個就獻技，並且請示了今後喜歡什麼取向。」

（還今後的取向咧！）

她差點忍不住想吐槽，但忍住了。

真是個無禮得理直氣壯的女子。

貓貓把箱子裡的藥袋擺出來讓庸醫寫下，然後再一一放回箱子裡。

「對了，還沒跟你們說過今後的日程呢。」

「原來還是有差事要做的啊。」

貓貓還以為她只是來偷懶的。

「是呀，雀姊為了不被婆婆修理，要好好幹活。」

雀抬頭挺胸，從懷裡掏出一份木簡。

「哎喲，雀姊妳這就落伍了。怎麼不改用更好用的紙呢？」

庸醫揮動著手指講道理。由於老家在造紙的關係，顯得還挺自高自大的。

「No～我是愛好古法的風雅之人。就愛木頭的觸感以及香氣。」

紙很方便，但也有很多像她這樣的好事之徒。老實說，貓貓不是很懂，但也沒理由勸阻。她只是不懂那麼長的木簡，是怎麼塞在懷裡的。

「一到港口，就要拎著行囊坐上馬車。大約兩刻鐘就會到達西都，不過請當心蠍子之類的。」

貓貓一面期望蠍子出現，一面答應。

「庸……說錯，醫官大人到了西都，請與其他醫官大人會合。貓貓姑娘也請一道前往，會有人帶領各位前往留宿的房間。地方是玉袁皇親的別墅，容納不了所有人因此會分住三處。附帶一提，達官貴人會住在同一處，請多包涵。」

（她剛才說了庸醫對吧？）

雖然掩飾得很笨，但庸醫正忙著寫字，似乎沒聽到。

「貓貓姑娘基本上與其他醫官大人一起行動。遇到試毒等特殊場合時，我會來叫妳。李大哥與我大多時候應該也是跟你們一起行動。」

李白是庸醫的侍衛，雀可能是信使。總覺得看起來像是在躲避婆婆與祖姑奶奶的目光偷懶，但就假裝不知道吧。要是換水蓮過來就慘了。

「還有夜間是我的閒暇時刻，請勿叫我出來。」

「咦，有緊急狀況也不成？」

庸醫一邊用粗手指轉筆一邊說了。

「不成。婆婆在催我再來一個，我得施展超凡入聖的技巧才行。」

雀正色說了。

庸醫起初還偏頭不解，但貓貓說：「雀姊已是人婦。」似乎就懂了，漲紅著臉弄掉了手裡的筆。真佩服他這樣還能當後宮醫官。

可是，她夫君好像就是帷幔後頭的那個人，真的能發揮男性雄風嗎？

「呼唔唔唔……氣沉丹田～」

「雀姊妳別再打奇怪的拳了，請繼續說吧。」

貓貓直接打斷半蹲外加雙手做出奇妙動作的雀。老實說這是不得已的，否則沒完沒了。

「到了西都應該也是從頭到尾都過著跟船上一樣的生活。只是，各項命令由楊上級醫官發布。」

雀恢復成原本的姿勢，一臉若無其事地繼續說。

那個膚色淺黑的上級醫官似乎姓楊。這姓氏不怎麼稀奇，記得在西方特別常見。得記起來才行。

「總之呢，我想我們大多時候都會在一塊兒，之後有什麼事隨時可以問雀姊我，或是問楊醫官，愛問誰就問誰。只是，夜裡請不要來找我喔。由於不知道馬家次男能不能傳宗接代，人家在給我施加壓力。否則馬字一族就要斷後了……呃不，雖說還有旁系就是，但我婆婆她……」

眼神十分嚴肅。看來雀也有她害怕的人事物。

（大媳婦真辛苦。）

貓貓一面事不關己地想，一面整理最後一批藥。把藥都整理好了之後，雀也站了起來。

「那麼再過不久就會到了，我回去了。」

「下次見啊，雀姊。」

庸醫講話簡直像叫她再來玩似的。

雀一邊揮手一邊準備離開房間，但再度回過頭來。

「貓貓姑娘。」

「怎麼了嗎？」

還有其他事嗎？

「不管是在煙花巷，或是宮中，人都會說謊。西都也有很多騙子，請姑娘當心。還有，這次的事，我不會說出去的。」

雀咧嘴笑了。黑皮膚的臉，在缺乏光源的船內顯得更為陰暗。

（這次的事……）

貓貓目光游移，故作不知。

「告辭。」

伴隨著雀關上房門的聲響，船內重重搖晃了一下。

之後貓貓將再訪西都。

不知會有什麼等待著她——

《藥師少女的獨語 10》待續

反派千金轉職成超級兄控 1 待續

Kadokawa Fantastic Novels

作者：浜千鳥　插畫：八美☆わん

無論沒落或滅亡，絕對都要避免！
一切都是為了兄長大人！

奔三社畜利奈轉生成反派千金葉卡堤琳娜，能見到前世男神、此世兄長的阿列克謝令人滿心欣喜。為了助兄長一臂之力，她借助上輩子的遊戲知識，卻發現皇國滅亡的旗標即將出現！唯有迴避沒落與滅亡，才能與兄長迎向美好未來？

NT$200/HK$67

聖女魔力無所不能 1~6 待續

Kadokawa Fantastic Novels

作者：橘由華　插畫：珠梨やすゆき

迦德拉皇子要來斯蘭塔尼亞王國留學，
奇怪的他居然鎖定了聖！

聖用自製藥水幫了迦德拉船長一把，還找到念念不忘的日本食材，在港口城鎮充分享受愜意的時光。當聖對異國更感興趣時，突然接到迦德拉的皇子要來留學的消息。聽說皇子是為了鑽研學術而來，然而實際上似乎是來尋找在港口城鎮持有特殊藥水的人物——

各 **NT$200~230/HK$65~77**

終將成為妳 關於佐伯沙彌香 1~3（完）

Kadokawa Fantastic Novels

作者：入間人間　插畫：仲谷 鳰

睽違了多年的「相遇」——
沙彌香的戀愛故事完結篇。

小一歲的學妹枝元陽愛慕升上大學二年級的沙彌香。儘管沙彌香一開始警戒著積極地表達好意到甚至令人無法直視的陽，最終仍有如回應她的好意那般，開始摸索戀愛的形式，下定決心，要試著碰觸那星星看看……

各 **NT$200/HK$67**

國家圖書館出版品預行編目資料

藥師少女的獨語/日向夏作；可倫譯. -- 初版. -- 臺北市：臺灣角川股份有限公司, 2021.04-
冊；　公分. -- (Kadokawa fantastic novels)

譯自：
ISBN 978-986-524-345-6(第8冊：平裝). --
ISBN 978-986-524-618-1(第9冊：平裝)

861.57　　　110002085

Kadokawa
Fantastic
Novels

藥師少女的獨語 9

（原著名：薬屋のひとりごと 9）

2021年7月7日 初版第1刷發行
2024年3月15日 初版第6刷發行

作者：日向夏
插畫：しのとうこ
譯者：可倫

發行人：台灣角川股份有限公司
總監：呂慧君
總編輯：蔡佩芬
主編：林秀儒
編輯：邱璨萱
設計指導：陳晞叡
美術設計：吳佳昫
印務：李明修（主任）、張加恩（主任）、張凱棋

發行所：台灣角川股份有限公司
地址：104台北市中山區松江路223號3樓
電話：（02）2515-3000
傳真：（02）2515-0033
網址：www.kadokawa.com.tw
劃撥帳戶：台灣角川股份有限公司
劃撥帳號：19487412
法律顧問：有澤法律事務所
製版：巨茂科技印刷有限公司
ISBN：978-986-524-618-1